Presented by Hikaru Iroishi
宝石神殿のすてきな日常
houseki shinden no suteki na nichijou
Author
色石ひかる
Illust
こがねはな

「また珍しい料理を作るの？」

「オコノミヤキという料理よ。この料理はみんなで作って一緒に食べると楽しいの」

「最初は私が作ってみせるね。シストメアちゃんも一緒に作ってみる？」

「ぜひ作りたいです」

シストメア
メイア

コパリュス
ムーン

大好きな宝石を思う存分語り合って
至福の時間を過ごす。
——私にとってのすてきな日常だった。

Presented by Hikaru Iroishi

# 宝石神殿のすてきな日常

houseki shinden no suteki na nichijou


Author
色石ひかる

Illust
こがねはな

# 宝石神殿
# レベル
# 1

「想像通りに完成できそうね」

湾曲しているシルバーの板に、刃先で中央から外側へ向かってみぞをつける。同じ動作を5回くりかえして、中央に丸いへこみを何回か打ち込んだ。頭の中にある桜のイメージを具現化する。最後に宝石と神殿をイメージした宝石神殿マークを刻印すると、アクセサリーが完成した。

慣れない作業だけれど手が勝手に動いてくれる。

ふと視線を上げるとコパリュスのかわいらしい顔が近くにあった。

「メイアは何を作っているの？　もうすぐお昼になるの」

声をかけてきたコパリュスは、女神であるオパリュス様の分身だった。小学生低学年くらいの姿で、左右にゆれる赤髪のツインテールが、かわいらしさを引き立てている。服装は華やかなピンク色のワンピースで、私が着ている青色の軽装と対照的だった。

今いる場所は宝石神殿の地下1階で、ジュエリー工房という言葉が似合っている。実際に宝石研磨やジュエリー加工で使う部屋で、広さも充分だった。

加工した作品が完成したのでテーブルの上に置いた。

「花のペンダントよ。シルバーアクセサリーを宝石神殿に奉納するつもり。宝石がついていないアクセサリーでも奉納は平気よね。まだ宝石採掘スキルのレベルが低いのよ」

宝石採掘スキルを使えば鉱物全般が採掘できるけれど、低レベルでは有名な宝石は採掘できない。シルバーはレベル２で確実に採掘できるので、今の主力鉱物だった。

宝石鑑定スキルで採掘した鉱物を鑑定すると、宝石の種類以外にも宝石を強化する方法までわかった。宝石加工スキルではジュエリーやアクセサリーを作れる。宝石加工の素人《しろうと》な私でも、手が勝手に動いてくれる理由だった。

どのスキルも、レベルによってできる範囲と難易度が異なるみたい。

「宝石を使っていないアクセサリーでも平気なの。時間はいっぱいあるから、慌てなくても大丈夫。でも宝石神殿がレベルアップできるとうれしい」

「無理はしていないよ。アクセサリー作りは楽しいから平気」

ちょうど区切りがよかったので作業を終わりにした。両手を頭の上に持っていって肩を回すと、黒髪のポニーテールが一緒に動く。慣れない仕事のためか２４歳にしては肩が凝っていた。童顔で年齢よりも若いと思われやすいけれど無理は禁物ね。

「メイア様が作られたアクセサリーは、すべてがすてきできれいです」

体にフサフサとモフモフを感じた。軽装の上から動物の温《ぬく》もりが伝わってくる。声がした方向へ振り向くと、つやのある銀色の毛並みが見えた。ムーンの胴体をなでると心地よくて、女性らしい声は心をやさしく包んでくれる。

ムーンは大型犬よりも一回り大きい幻獣フェンリルで、コパリュスくらいなら背中へ乗せられる。ムーンはまだ若いらしくて、もっと体格は大きくなるみたい。

「ほめてくれてありがとう。ムーンも一緒に作業を見ていたの？」

「コパリュス様と一緒に拝見していました。みごとな手さばきでした」

「元の世界にあるアクセサリーを思い浮かべただけよ。初めての細工でも手がイメージ通りに動いてくれる。宝石加工スキルのおかげみたい。楽しく仕事ができてうれしい」

　異世界にきてから数日がたって、こちらの生活にも慣れてきた。宝石神殿は広大な敷地の中央にある。敷地内には安全な水があって火も使えた。日本での生活ほど便利ではないけれど不便でもない。

「作ったアクセサリーを奉納してくれるの？」

　コパリュスが期待に満ちたような目で私を見る。

「もちろん全部その予定よ。区切りもいいから、これから奉納へ行くつもり」

「コパも一緒に行く」

「わたくしも同じです。お供します」

「みんなで一緒に行こうね」

　宝石箱に道具やアクセサリーをしまって、宝石神殿の５階へと向かう。１階はオパリュス様が祭られている礼拝堂だから誰でも出入りが自由だけれど、それ以外の階には私の許可が必要だった。目的の５階は私たちのみしか入れない。

　オパリュス様の加護による影響なのか、石造りの宝石神殿は古びてはいるけれど壊れる雰囲気はなかった。

1階に移動しても私たち以外に人影は見当たらなかった。コパリュスの話では、旅の商人や冒険者が忘れたころに休憩で訪れるだけみたい。

理由は簡単で、宝石神殿は強い魔物が住むムジェの森にあるからだった。北東にあるクンラウ山脈には神獣ドラゴンも棲《す》んでいて、好んでムジェの森を訪れる人はいない。

「私たちのみだと宝石神殿内は静かね」

「メイアは寂しいの？」

「コパリュスとムーンがいるから寂しくないよ。でも神殿だからお祈りをする人であふれてほしい」

「メイア様なら宝石神殿を賑《にぎ》やかにできます」

「急がなくてもコパは平気なの」

「ありがとう。私自身のペースでがんばってみるね」

5階に到着した。部屋はきれいで、広さはない代わりに天井が高い。中央には私よりも背が高いオパリュス様の像がある。像の手前には奉納台が設置されていて、部屋の右側には石で作られたテーブルと真っ黒な画面があった。

「奉納をがんばって、早く宝石神殿のレベルを上げないとね」

「メイアの時間軸なら慌てる必要はないの。レベルダウンによる消滅までは１００年くらいかな。宝石神殿がレベル2になれば消滅はなくなるの」

「目標はレベル１０だったよね。そこまで上げる理由は何？」

　オパリュス様からは詳しい説明がなかった。その代わりに分身のコパリュスを創造してくれた。コパリュスはオパリュス様と意思疎通ができると聞いた。

「神の力に影響するの。レベル１０は神と名乗って恥ずかしくないレベルかな」

「そうなのね。オパリュス様をほかの神様と対等な立場まで持っていくのが、私の仕事になるのね。宝石の女神様を回復させたいからさっそく奉納したい」

　アクセサリーを奉納台に置くと、淡い光とともに消えた。何度見ても不思議な現象だけれど、これでアクセサリーの奉納が完了した。

「メイアの奉納品は心がこもっているの。日にちをかけずにレベルアップできるかな」

「思ったよりも早そうね。私も大好きな宝石でオパリュス様に貢献できてうれしい」

「メイア様は採掘や加工も楽しそうでした」

　私に与えられた仕事は宝石神殿のレベル上げだった。この世界には多数の神様がいて神様の存在価値は信仰心で決まるらしい。宝石の女神であるオパリュス様は、現状のままだと１００年後に消滅する。消滅を回避する打開策として別の世界から呼ばれたのが私だった。

仕事は単純で、採掘した鉱物を鑑定して宝石品質の鉱物を加工し、加工した宝石やジュエリーなどを宝石神殿へ奉納すること。気長に進めても奉納さえすれば宝石神殿のレベルは上がるという、宝石が大好きな私にはぴったりの仕事だった。

「宝石に囲まれて1日を過ごせるし、コパリュスとムーンもいるから毎日が楽しい。宝石神殿での生活は私にあっているみたい」

まぶたを閉じて、異世界にきた日を思い浮かべた。

＊

気がつくと真っ白な空間にいた。周囲は星がかがやいているように見える。

先ほどまで深夜の会社にいたのを思い出す。私が勤めているのは、いわゆるブラック企業で、誰もいない部屋で残業中だった。突如、日中のような明るい光に包まれて、目を開けると真っ白な空間にいた。

「無事に成功したようです。白《しら》石《いし》芽《めい》亜《あ》さんで間違いありませんか」

澄み切ったきれいな女性の声は、私の不安を取り除くような響きにも感じる。

声が聞こえたのと同時に女性の姿を認識した。長いつやのある赤髪が印象的で、人間を超えた美しさだった。いくえにもからみあった白色のドレスは光を放っていて、理想的な体型に華をそえている。

恐怖や混乱が姿を消して、自然と声が出た。

「私が白石芽亜です。あなたは誰ですか？」

場所も聞きたかった。でもなによりも話しかけてきた女性が誰か知りたかった。

「白石さんの世界の言葉でいえば宝石の女神に該当して、名前はオパリュスです。わたしが白石さんを呼び寄せました」

「女神様ですか。私に何のご用でしょうか」

本当の女神様か確認する方法はないけれど、今の状況とオパリュス様の見た目から納得もできてしまう。

「わたしが呼び寄せましたので敬語は不要です。この場所は白石さんがいた世界とは別の世界で、リトートコスモと呼ばれています。白石さんにお願いがあって、この世界へきてもらいました」

漫画や小説でよく見かける異世界系の転生や転移を思い出した。勇者や聖女として呼んだのなら人選ミスね。先手を打った。

「お言葉に甘えて普段通りに話すね。お願いがあるということだけれど、私に特別な力はないよ」

言葉通りの意味で、どこにでもいる社会人の私に特殊な能力はない。

「そのようなことはありません。白石さんからは宝石を大切に思う心が強く感じとれました。この世界の神々は信仰心によって存在価値が決まるのです。しかし近年は宝石への信仰心が薄れて、女神として危機的な状態になっています。そこで白石さんには、宝石への信仰心を取り戻す手伝いをしてほしいのです」

いきなり別世界につれて来られたと思ったら、女神の危機を救ってほしいという訳のわからない状態だけれど、きっと私の目はかがやいている。理由は明確で、大好きな宝石という言葉が頭をかけめぐっているからだった。宝石への信仰心が薄れている理由が気になって、宝石に問題があるなら原因を知りたかった。

「この世界では宝石に魅力はないの？　どうして信仰心が薄れているの？」

「宝石に価値はありますが、ほかの神に比べて信仰による実益が少ないのです。そのため宝石の神よりもほかの神へ信仰が移っています。このままいくと、わたしは１００年後に消滅するでしょう」

なんとなく状況がわかってきた。宝石は魅力的だけれど、お腹《なか》の足しにならないのは事実だった。

「お手伝いって、具体的に何をするの？　私がオパリュス様の世界で信者を増やすの？」

「正確には多数の神々が管理する世界です。信者を増やして頂く必要はありません。基本的に白石さんには宝石神殿で生活をしてもらうだけです。ただ少しだけお願いしたい内容があります」

「基本的？　魔王退治とかは無理よ。運動神経は人並みだけれど喧嘩《けんか》はきらい」

「大丈夫です。魔物との対峙《たいじ》もほとんどありません。通常は宝石神殿とその敷地内で過ごしながら、好きなように楽しんでもらえば平気です」

魔物がいるのは気になるけれど、安全に生活ができるみたい。でもお願い事の内容が問題よね。普通の社会人にできることは限られている。

「何をすればいいの？　宝石神殿に住むだけではないのよね」

「お願いしたいのは宝石神殿へ宝石やジュエリーを奉納するという仕事です。奉納により宝石神殿のレベルが上がって、１００年以内にレベル２となれば、わたしの消滅が回避できるのです。レベル１０がひとつの目標ですが、宝石神殿のレベルアップには宝石への思いも大切となるため、好きなときに採掘やジュエリー加工をしてもらえれば平気です」

もし今の内容が本当なら辛い日々から解放される。採掘や加工の経験はないけれど、仕事の対象は大好きな宝石だった。

「宝石と過ごせるのなら苦にならない」

宝石に囲まれて暮らす楽しい光景が目に浮かぶ。思い起こせば最近の生活は辛いことばかりだった。新卒で入社した会社はブラック企業で、仕事に明け暮れる毎日で友達とも疎遠になってしまった。両親はすでに他界していて、忙しくて恋人もできない。唯一の楽しみであるミネラルショーへも最近は行けていなかった。

宝石とともに過ごす生活は、神様からの贈りもののように思える。実際にオパリュス様は女神様だった。私の中で気持ちが固まって、オパリュス様へ視線を向ける。

「ぜひ、その仕事をしたい。採掘や加工の勉強もがんばってみる」

「きっと引き受けてくれると思っていました。白石さんには宝石関連の一般スキルと役立つ特殊スキルをさずけます。一度経験すれば、問題なく採掘や加工ができるでしょう」

「それらのスキルは、この世界の人では持てない特別なものなの？」

苦労はしたくないけれど、むやみに強くはなりたくなかった。魔王退治もないから、強い力は必要ないはずよね。

「さずける一般スキルは、この世界にいるヒューマン族やドワーフ族など、多くの種族が普通に習得できます。ヒューマン族は白石さんと似ている種族になります」

異なる世界だから心配したけれど、人間に近い種族が存在していてよかった。ただ気になる言葉もあった。

「今のは一般スキルの前置きよね。もしかして特殊スキルは私のみが習得可能なの？」

「難易度は高いですが、条件を満たせば誰でも習得できるスキルです。またその道を極めれば、おのずと身につくスキルでもあります。これ以上、今のわたしの力では白石さんをこの場にとどめておけません」

きっと信仰心が低下した影響かもしれない。少しだけ透明感の増したオパリュス様を見ていると、続けて私に語りかけてくれた。

「詳細は後ほど、わたしの分身が説明してくれます」

オパリュス様が上空を見上げた。手をかざして聞き慣れない言葉を唱える。

上空に光が集まって、人の姿となって降りてくる。背丈は小学生低学年くらいの少女で、オパリュス様と同じ赤髪はツインテールとなっている。私の前にきた少女はオパリュス様の分身だけあって、整っている顔立ちだった。

「名前をつけてほしいの」

かわいらしい少女の声だった。

「私が名前を決めてもかまわないの？」

オパリュス様に視線をむけた。

「白石さんとの絆《きずな》を強めるには名前をつけることが一番です。好きな名前をつけてください」

断る理由はなかった。少し考えると頭の中に名前が浮かんだ。

「名前を決めた。コパリュス様。オパリュス様の面影を残した名前よ」

「すてきな名前なの。コパは気に入ったけれど、様は不要かな。コパはコパリュスと呼ばれたい。コパはメイアと呼ぶの」

「わかったわ。これからよろしくね、コパリュス」

コパリュスはすてきな笑顔を見せてくれた。抱きしめたいほどにかわいかった。

「コパリュスが白石さんを助けます。ほかにも白石さんに忠実な仲間を作ります」

オパリュス様が先ほどと同様に上空を見上げて言葉を唱え終えると、大型犬よりも一回り大きい動物が舞い降りてきた。コパリュスの横に並んだ姿は犬を思わせる。

「幻獣フェンリルなの。メイアが名前をつけて」

たしか神話などに登場する狼《おおかみ》だから、犬に似ているのも納得できた。銀色でフサフサな毛並みがかがやいている。

「銀色の毛並みは宝石のムーンストーンみたいできれいね。名前はムーン」

「メイア様、わたくしにふさわしい名前でうれしいです」

ムーンは女性の声をしていて、喜んでいるのか尻尾《しっぽ》を振っている。

「コパはムーちゃんと呼ぶの」

「残り時間も僅かですが、最後に生活の手助けとなる品物を渡します。宝石道具、宝石図鑑、宝石箱です。どこに置いてあっても白石さんが念じれば手元に出現します。こちらの詳細もコパリュスが知っています」

私の横に革の鞄《かばん》が現れた。この中に品物が入っているみたい。

「オパリュス様、ありがとう。大事にするね」

「手伝いを引き受けてくれて助かります。宝石の加護が白石さんを守ります。宝石神殿を楽しんでください」

オパリュス様が消えて周囲が光に包まれる。


光が収まると広い部屋にいて、目の前には美しいオパリュス様の像が立っていた。私の横にはコパリュスとムーンがいて革の鞄も置いてあった。

コパリュスがこの場所は宝石神殿の礼拝堂で、宝石神殿はアマスダ大陸にあるムジェの森に存在していると教えてくれた。

*

オパリュス様との出会いを振り返って、ゆっくりとまぶたを開けた。

先ほど宝石神殿の5階にきて、シルバーアクセサリーの奉納を終えたばかり。コパリュ

スとムーンも一緒にいる。

「奉納も終わったから、私自身の情報を確認したい」

「コパも一緒に見るの」

「メイア様はレベル上げが上手《じょうず》です」

「大好きな宝石だから、夢中になっているみたい」

コパリュスとムーンをつれて部屋の右側に移動すると、石のテーブルと真っ黒な画面がある。テーブルと画面は、宝石神殿や私の情報が確認できる装置だった。コパリュスによると、この装置は汎用《はんよう》鑑定スキルの上位版みたい。私の宝石鑑定スキルは鉱物などしか鑑定できないけれど、汎用鑑定スキルは生物や品物全般で使えるらしかった。

石のテーブルに手を乗せると画面に文字が映し出される。画面には私の名前や種族、所持している一般スキルと特殊スキルが表示された。

「宝石採掘スキル、宝石鑑定スキル、宝石加工スキル、どれもレベル2ね。順調にレベルが上がっていると思っていいのかな？」

「まだ初心者レベルだけれど順調なの。宝石に限定されたスキルだから、汎用のスキルに比べてレベルアップは早いかな」

「レベル3になれば見習いが取れます。あと少しでレベルが上がると思います」

コパリュスとムーンの感想だった。

「一般スキルは最大でレベル１０よね。レベルによって呼び方が異なるの？」

「目安はレベル３が一人前で、スキル持ちとして認められます。レベル５は熟練でレベル７が一流です。レベル９以上は達人でめったにいません」

レベルの目安をムーンが教えてくれた。次のレベルまでどの程度かは不明だけれど、もう少しで一人前になれる。大好きな宝石に関わることだから、どのスキルのレベル上げも苦にならない。

「宝石神殿を目標のレベル１０にする内に、結果的に一般スキルが上がればうれしい。特殊スキルにはレベルがないのよね？　女神オパリュスの加護、言語能力の加護と、２つ持っているけれど一般的なの？」

衣食住の確保と奉納が忙しくて、特殊スキルは詳しく聞いていなかった。

「特殊スキルは習得有無だけだからレベルがないの。複数の特殊スキルを持っているのは珍しいけれど、おかしくはないかな」

今度はコパリュスが説明してくれた。

「私が持っている、２つの特殊スキル自体は珍しいの？」

「神の加護は関連スキルのレベルが一流で半数程度、達人ならほとんど持っているかな。言語能力の加護は、王族や貴族ががんばって習得しているの」

「神様の加護は関連スキルで恩恵が受けられます。言語能力は文字通りで、知らない言語の理解です。他国と交流する地位には欠かせないようです」

コパリュスのあとに、ムーンが効果を補足してくれた。今持っている特殊スキルは特別というほどではなさそう。王族や貴族がいる世界と聞いて、中世ヨーロッパを思い浮かべた。

「宝石神殿がレベル2になったら、宝石神殿以外の場所も行ってみたい」

純粋にオパリュス様たちの世界にも興味があった。

「いつでも案内するの。でも宝石神殿の敷地外には怖い魔物がいるから、メイアは一人で出歩いては駄目なの」

「ムジェの森へ行くときは一緒にお願いね。私のスキルは順調のようだけれど、宝石神殿のレベルはまだ変わらないのよね？」

宝石神殿はレベル1のままだけれど、実際に目で確認しておきたかった。私のレベルと同様に、この装置で宝石神殿の状態を確認できる。

コパリュスが石のテーブルに手をかざすと、画面が宝石神殿の内容に変わった。

宝石神殿はレベル1となっていて、敷地全体を上から見た絵が映る。円形の敷地で直径はサッカー場を10個以上並べた長さで、中央には建物が集中していた。

「一番大きな建物が今いる宝石神殿で、たしか黄色は修繕が必要な建物よね」

東西と南に道が延びていて、中央の北側に一番大きな建物である宝石神殿が立っている。

宝石神殿のうしろ側には小さな建物があった。道をはさんだ南側にも数件の建物が並んでいる。

「黄色の意味合いはそうなの。レベルアップで自動修復されて緑色になったら正常かな。おかしな場所や危険が迫ると赤色になるの」

オパリュス様の加護で建物は朽ち果てないけれど、老朽化はするみたい。とくに赤色には注意が必要ね。

「私には戦うすべがないし戦いたくないから、安全が一番よ」

「危険が迫れば、メイア様はわたくしが守ります」

ムーンの頼もしい言葉だった。

コパリュスとムーンは、ムジェの森にいる魔物を簡単に倒せるほど強いらしい。私はまだムジェの森を探索していないけれど、早くみんなで一緒に行きたい。

「ムーン、ありがとう。頼りにしているね」

鐘の音色が聞こえた。宝石神殿にある鐘で、３時間おきに時刻を知らせてくれる。この世界は１日が２４時間で、１か月は３０日の１年３６０日とコパリュスが教えてくれた。

「ちょうどお昼になったから食事を作るね」

元の世界で金銭節約のために自炊をしていたのが、こちらの世界で役に立っている。手持ちの食材に米や小麦がないから、ご飯やパンは作れないけれど、野生の芋類をコパリュスが見つけてくれたので助かっている。

「メイアの料理はおいしいから、コパは楽しみなの」

「喜んでくれてうれしい。レベル2で岩塩が採掘できたのが大きいよね。ほかの調味料や食材が増えれば、もっとおいしくできる。料理スキルは取ったほうがよさそう？」

スキルがなくても料理は作れるけれど、スキルがあると恩恵を受けられた。スキルは関連の神様か代理者からもらえるらしい。

「メイア様の料理は、今のままでも充分においしいです」

「スキルはなくても平気なの。コパはお腹が空《す》いたから、早く料理を作ってほしい」

コパリュスに背中を押されて4階へ向かった。

*

宝石神殿の4階は手頃な部《へ》屋数《やかず》のため、私たちの生活拠点にしている。2階と3階は部屋数が多いので、来客用と考えているけれど今は誰もいない。4階の調理場についた。必要最小限の設備しかないけれど、清潔感があるのはうれしい。

「宝石箱にしまってある食材を確認するから、ちょっと待ってね」

革の鞄から宝石箱を取り出す。宝石箱は両手に乗るくらいの大きさで、赤色の四角い箱だった。表面にある模様が高級感をかもしだしている。宝石箱の中にはオパリュス様から頂いた宝石道具や宝石図鑑、入手した食材などが入っていた。

「宝石箱の使い方には慣れたの？」

　コパリュスが聞いてきた。

「最初は宝石箱の収納品が頭の中に浮かんで驚いたけれど今は平気よ。宝石箱は手に触れたものを大きさ問わずに収納できるし、時間も停止するから便利よね」

「収納アイテムは少なからず出回っているけれど、容量無制限に比べて時間停止は非常に珍しいの。取り出す量には注意して、普通の収納アイテムを装ってほしいかな」

　オパリュス様に頂いた品物は希少性が高かったみたい。

「取り扱いに気をつけるね」

「それと無の空間から宝石箱が出現するのは驚かれるから、コパたち以外の前では気をつけてほしいの」

「オパリュス様から頂いた革の鞄にいれて、持ち運ぶようにするね。宝石道具や宝石図鑑は、宝石箱から取り出せば平気？」

「それで問題ないかな。コパはお腹が空いたから、そろそろ料理がほしいの」

　宝石箱を取り出した理由を思い出した。

　宝石箱のふたを開けて念じると、頭の中に収納品が浮かんだ。宝石箱の近くに手のひらを持っていって取り出す食材と置く場所を念じると、手のひらにウサギのお肉が現れる。コパリュスがムジェの森で採ってきた食材だった。ほかの食材も順々に取り出す。

「昼食はウサギのお肉を中心にして、キノコや山菜を使うつもりよ」

必要な食材をすべて取り出した。主食はサツマイモやジャガイモを使う。今は手元にないけれど米や小麦も入手したい。

「コパも手伝う」

「食材洗いをお願いね。炒《いた》め物《もの》は私が担当する」

魔石具《ませきぐ》がおいてある場所へむかった。手のひらよりもひと回り大きい円形の道具で、魔石でできている。魔石は硬貨よりも小さい石で、魔物を倒すと入手できると教えてもらった。

「青色が水の魔石具で赤色が火の魔石具だったよね」

「そのとおりです。魔石具の色と小さな模様で利用目的が分かります。ただ通常の魔石は黒色で、魔石具の色と魔石の色は必ずしも一致しないので注意が必要です」

ムーンが答えてくれた。

「コパが魔力を補充しておいたから、好きなだけ使えるの」

魔石具は内部に蓄えた魔力を消費して使う。定期的に魔力の補充が必要だった。私には魔力がないみたいで、残念ながら魔石具への補充ができない。

「準備が整ったから、さっそく料理を作るね」

「完成する料理が楽しみです」

火の魔石具に手をかざして『炎』と念じると炎が出現した。今はムジェの森にある恵みしかないけれど、敷地内は広いから畑を作って家畜も飼ってみたい。

コパリュスが洗ってくれた食材を使って、炒め物を作り始めた。

「今見ている炎は宝石加工で使う炎と何か違うみたい。それとも気のせい？」

料理を作りながらコパリュスに聞いた。

「種類の異なる炎だから、メイアの記憶が正しいの」

「やっぱり炎の種類が違うのね」

会話をしながら、次々に洗い終わった食材を受け取って料理を作る。コパリュスとムーンが手伝ってくれたおかげで、早めに料理が完成した。

料理をテーブルに運んで、楽しく食事の時間を過ごす。食後の片付けも終わって、再びみんなでテーブルを囲んだ。

「メイアの料理はおいしかったの。お肉の香ばしさでいっぱい食べられるの」

「山菜の色鮮やかさもすてきで、何度でも食べられる料理でした」

コパリュスとムーンが料理をほめてくれた。すなおにうれしかった。

「喜んでくれて料理を作った甲斐《かい》があった。ジュエリー作りもがんばるね」

「どのようなジュエリーを作るの？」

「加工がレベル3になったらロードクロサイトを使う予定よ。採掘もレベル2だから、少ししか採れないのが難点ね。がんばってレベルを上げたい」

「レベル上げは慌てなくても平気だと思います。わたくしは宝石に詳しくないので、ロードクロサイトの詳細を知りたいです」

　ムーンが足元へ移動してきた。手を伸ばして、つやのある毛並みをなでると、ムーンの表情がやさしい感じになったと思えた。尻尾も振って、なでられてうれしいみたい。

「実物はまだないから宝石図鑑で見せるね。オパリュス様に頂いた宝石図鑑は、鑑定した鉱物の詳細がわかるから便利よ。宝石道具とあわせて頂けてうれしい」

「消滅が回避できれば安い贈りものなの。贈りものは壊れなくて、メイアしか使えないようになっているし、メイアから離れないから安心して使ってほしい。それにコパはメイアを気に入ったの。メイアの楽しい姿が見られれば、コパもうれしくなる」

「私もコパリュスとムーンと一緒にいられてうれしい。オパリュス様から頂いた贈りものもすてきよ」

　贈りものは何処《どこ》にあっても私の手元に呼び寄せられる。大事な贈りものをなくす心配がないのはうれしかった。

「贈りものにある魔石具も特別で、魔力の補充は必要ないの」

「魔力がない私にはうれしい」

オパリュス様に頂いた贈りものは全て宝石箱に入れてある。宝石箱の話でムーンの質問を思い出した。

「話が戻るけれどロードクロサイトの詳細よね」

革の鞄から宝石箱を取り出しテーブルの上に置いて、宝石箱のふたを開けてから『宝石図鑑』と念じた。宝石図鑑は分厚い辞書のようで、表紙には色とりどりの宝石が描かれている。ロードクロサイトの頁《ページ》を開くと、宝石の絵以外に説明文や加工の注意点も見ることができた。

ムーンに開いた頁を見せる。

「きれいなピンク色の宝石です。やさしい色合いに見えます」

「ルビーみたいな力強さはない赤系統だけれど、心を和ませる色よ。壊れやすい宝石だから、加工の成功率が１００％になってから作りたい」

「楽しみなの。宝石の強化方法も書いてあるけれど、メイアは実施しないの？」

鉱物を強化する方法も載っていて、地金として使うシルバーやゴールドは黒魔石で強化できた。ロードクロサイト自体は椿油《つばきあぶら》で強化するみたい。

元の世界にある椿は日本原産と聞いた記憶がある。この世界は王族や貴族がいる中世ヨーロッパの雰囲気だけれど、まるっきり同じではないようだから、いつかはこの世界を見聞きして確認してみたい。

「地金や宝石を強化したいけれど、まずは黒魔石や椿油の入手からよ」

「ムジェの森なら両方とも手に入るの」

「それはうれしい知らせね。宝石神殿がレベル２になったらつれて行ってね」

「いつでも案内するの」

「わたくしも一緒にお供します」

コパリュスとムーンと一緒にムジェの森へ行く。のちのちの楽しみができた。

「なるべく早くレベル２にしたい。お腹を満たしたから採掘と加工を再開しようかな」

コパリュスとムーンと一緒に地下２階に行って、日が落ちるまで採掘と加工をくりかえした。少しずつだけれどレベルアップに近づいている気がする。

*

今日の朝も宝石神殿の１階にある礼拝堂の、オリュパス様の像の前にいる。朝６時にあたる２回目の鐘がなったあとにお祈りするのが日課で、先ほどお祈りが終わった。

朝食を済ませてから、コパリュスとムーンと一緒に地下２階へ移動した。周囲は光の魔石具で明るいけれど、見た目は洞窟のように岩で囲まれている。大きな体育館ほどの広さで、わき水による泉もあって別世界みたい。

「今日の採掘でゴールドとロードクロサイトが増えるとうれしい。早くゴールドでジュエリーを作ってみたい」

「メイア様のジュエリーはどれも魅力的です。ゴールドのものも楽しみです」

「ムーンの期待に応《こた》えるね」

「コパもメイアのジュエリーを気に入っているの」

　横にいたコパリュスが、私の腕を取ってほほえんだ。かわいらしい笑顔で私は癒《い》やされた。ムーンも尻尾を振って喜んでいるみたい。

「コパリュスもありがとう。ゴールドもロードクロサイトもレベル３の鉱物だから、ジュエリーにするのはもう少し待ってね」

　宝石と同じレベルの加工スキルを所持していれば、加工が１００％成功する。宝石がひとつ上のレベルなら５０％程度の成功率とコパリュスが教えてくれた。もちろん乱暴に加工をしたり壊れやすいクラックがあれば、その限りではなかった。

「どのようなジュエリーなのか、今から楽しみなの」

「コパリュスとムーンに、ロードクロサイトのジュエリーを早く見せたい。さっそく採掘を始めるね」

「コパはムーちゃんと近くで遊んでいるの」

　コパリュスとムーンが離れたのを確認してから、宝石箱からツルハシを取り出した。地下2階の中央が採掘場所で、ツルハシを持って採掘を開始する。

　採掘初日は驚きの連続だった。ツルハシを持って採掘場所へ行くと、何となく採掘できる位置がわかる。最初は採掘した鉱物が何かわからないけれど、宝石鑑定が成功すると採掘した鉱物が何か判明する。何よりも不思議だったのは、採掘した場所は翌日には埋まっていた。

　採掘直後の鉱物は大きなかたまりなので、ハンマーを使って細かく砕く。泉の水を使ってジュエリーに必要な鉱物のみを選別する作業をおこなう。鑑定前後で頭の中に浮かぶイメージが変化するのも、大きな驚きだった。

「ゴールドの採掘で失敗がなくなった。宝石採掘スキルがレベル3になったみたい」

　私の言葉が聞こえたのか、コパリュスとムーンが近くに寄ってきた。

「メイアはレベルアップが早いからすごいの」

「宝石が大好きだから、集中して作業ができた結果かもしれない。ロードクロサイトがたくさん揃《そろ》ったら、ジュエリー加工に挑戦するつもりよ」

　気合いを入れて採掘を続けたら、ゴールドとロードクロサイトが充分な量となった。

宝石箱に採掘した鉱物を入れて地下1階へむかった。地下1階のテーブルに鉱物を取り出して、オパリュス様から頂いた宝石道具を並べる。火の魔石具に手をかざして『炎』と念じると、火の魔石具から銀色の粒子が飛び散る炎が出現した。

「メイア様は何のジュエリーを作る予定ですか」

「レベル2の鉱物を使い終わったらゴールドのみで作るつもり。ゴールドで失敗がなくなればレベル3になったはずだから、ロードクロサイトに挑戦してみる」

「ロードクロサイトを使ったジュエリーの完成品が待ち遠しいです」

「楽しみに待っていてね。さっそく加工を始めるよ」

最初のシルバーを使った加工は、１００％成功するから気分的に楽だった。レベル2の鉱物がなくなるとゴールドを使い始める。コパリュスの説明通り５０％くらいの成功率だった。でもゴールドはたくさんあるから、何度も加工に挑戦できた。

「ゴールドの加工が連続で成功しているの。レベル3になったと思う」

コパリュスの声で手の動きを止める。いつの間にか集中していて、成功や失敗を気にしなくなっていた。

「レベル3ならロードクロサイトに挑戦できる。さっそく試してみるね」

テーブルの上から加工前のロードクロサイトを手に取った。ロードクロサイトはダイヤモンドと同じく、結晶の方向にそって割れやすいので、慎重に加工を開始した。

スキルのおかげで直感的に危険がわかる。危ないと感じたら、すぐに研磨機からロードクロサイトを離す。水の魔石具でつねに熱を冷やしながら、何度も同じ作業をくりかえした。贈りものである水の魔石具は、通常の水と異なって銀色の星々を思わせる。

ロードクロサイトの表面に光沢を作るために、研磨機の設定を変更する。加工が終わった形状はカボションカットと呼ばれる丸みを帯びた楕円形《だえんけい》で、宝石になる前の石単体であるルースが完成した。ルースを手のひらに乗せて、コパリュスとムーンに見せた。

「光に反射するピンク色がきれいなの」

「表面の細かいカットが、美しさを引き立てています」

コパリュスもムーンも喜んでくれた。

「満足のいく仕上がりね。このルースを使ってペンダントトップを作る。地金にゴールドを使えば立派なジュエリーよ。私がこの世界で作る初めてのジュエリーね」

ゴールドやプラチナなどの希少な素材ならジュエリー、入手が簡単なシルバーならアクセサリーと個人的には思っている。ゴールドを扱えるようになって、初めてジュエリーを作っていると胸を張れた。

「宝石神殿のレベルアップが楽しみなの。でもメイアのペースで進めてほしい」

「今は気分が乗っているから、このままたくさん作るね」

ロードクロサイトのルース作りを再開して、２０個以上のルースが完成した。

昼食をとってからペンダントトップの製作を開始する。ゴールドの純度が１００％で加工が難しかったけれど、宝石加工スキルのおかげで失敗はなかった。

夕方前にすべての加工が終わった。

「みごとなジュエリーです。メイア様の宝石に対する気持ちも伝わりました」

ムーンの感想だった。

「宝石に囲まれる毎日は楽しいから、ジュエリー作りも順調みたい。もちろんコパリュスとムーンが一緒だからに決まっているけれどね」

「コパもメイアと一緒で楽しいの。それよりも奉納はまだなの？」

コパリュスは宝石神殿のレベルが気になるみたい。レベル2でオパリュス様の消滅はなくなるから、大きな分岐点になっている。

「すぐに奉納するつもりよ。一緒に5階へ行こうね」

後片付けをしてから、コパリュスとムーンと一緒に5階へ向かった。5階の扉を開けると、目の前にオパリュス様の像がある。

ロードクロサイトのジュエリー全部と、ゴールドのみのジュエリーは半分以上を手前にある奉納台へ置いた。淡い光とともにジュエリーは消えて、部屋全体がまぶしい光に包まれる。まぶしい光に驚いていると、すぐに元の明るさへ戻った。

「宝石神殿がレベルアップしたの。すぐに確かめたいの」

　まぶしい光はレベルアップの知らせみたい。

　コパリュスが部屋の右側に移動したので一緒についていく。コパリュスが石のテーブルに手をのせると、画面に宝石神殿の情報が表示される。うれしい知らせがあった。

「宝石神殿がレベル２になっている。おめでとう、コパリュス」

　コパリュスに視線を向けると満面の笑みを見せていて、私もうれしくなった。

「メイアのおかげなの。これでしばらくは消滅する心配がなくなったかな。塀と道も修復されたから、少しは移動が楽になるの」

　画面を見つめると、今まで黄色だった表示の一部が緑色になっている。

「塀と道が緑色に変わっている。レベルアップで宝石神殿の機能も向上するのね」

「レベル３はもっとすごいの。でもメイアの驚く顔が見たいから黙っておく」

「楽しみにしている。今度は私のスキルを確認するね」

　私が石のテーブルに手をかざすと、宝石採掘スキルと宝石加工スキルがレベル３になっていた。使う機会が少ない宝石鑑定スキルはレベル２のままだけれど、全体的にレベルが上がっていてうれしい。

# 宝石神殿
# レベル
# 2

早くも宝石神殿が最低目標のレベル2を達成してしまった。

「私を別世界から呼ぶくらいだから、レベル2になるまで何年もかかると思っていた。こんなにも早く上がるものなのね」

「本当はもっと時間がかかるの。メイアの宝石に対する思いが強いから、短期間でレベルが上がったかな。メイアがこのまま宝石神殿にいてくれれば、もっとレベルが上がるの」

私を見ているコパリュスの目は輝いていた。まだ一緒に過ごすようになって日が浅いけれど、コパリュスの期待に応《こた》えるためにもジュエリー作りをがんばりたい。

宝石神殿と私自身のレベル確認が終わったので、レベルアップした宝石神殿の機能向上を知りたかった。

「レベルが上がって塀と道が修復されたよね。どのような感じになったのか知りたい」

「コパも同じ思いなの。すぐに確認したいかな」

「夕食まではまだ時間があるから、今から一緒に行こうね」


コパリュスとムーンをつれて宝石神殿の外へ出た。振り返った宝石神殿はいつ見ても城を思わせる雰囲気だった。中央には天井の高い礼拝堂があって、両脇には3階建ての建物、後ろ側には先ほどまでいた5階建ての建物がある。

視線を前方に戻すと、きれいな夕日が出迎えてくれた。横にいるコパリュスの赤髪は夕日よりも鮮やかで、かわいさを引き立てている。

自然と目の前にある噴水へ近づいて、水を両手でくんだ。

「飲めそうなくらい透き通っている。それに夕日でかがやく水はきれいで幻想的ね」

「宝石神殿の敷地内は4大精霊の影響が強いの。水の精霊による加護で、敷地内のわき水はすべて飲めるかな」

コパリュスとムーンの話では、この世界には精霊が存在しているらしい。精霊は自然を豊かにしていて、精霊魔法もあるみたい。4大精霊は元の世界と同じ感覚で、土・風・火・水の精霊だった。

「地下2階にある泉の水も飲めるの？」

「わき水を1日流せば飲めるかな。それよりも噴水の周りを見てほしいの。道がきれいな石畳になっているの」

コパリュスが声を弾ませながら私の服を引っ張った。地面に目をむけると、舗装したばかりの道になっていた。ムーンが石畳の道をかけ出すと、銀色の姿がすぐに小さくなって消える。しばらくするとムーンの姿が大きくなって、私の横で止まった。

「東門まで行ってきました。走りやすくなっています」

息ひとつ乱していないので、ムーンの運動神経は飛び抜けているみたい。

「ムジェの森との境界まで行ってきたの？　ムーンの速さはすごいよね」

「このくらいは問題ありません。塀も修復されていました」

「コパは直接、きれいな塀を見たいの」

コパリュスが私の腕をとって、上目づかいに訴えかけている。かわいいコパリュスの姿に抱きしめたくなって、代わりに頭をなでた。

「私も自分の目で見たいから、一緒に行こうね。でも日が落ちて暗くなると、歩くのも大変だと思う」

「コパやムーちゃんは大丈夫だけれど、メイアは夜目が利《き》かないのかな。でも魔法で明るくできるから大丈夫なの」

コパリュスが上空に手をかざすと、その先に光る球体が現れた。手を前方に持っていくと光る球体も移動する。きっと簡単な魔法だと思うけれど、私には手品を見ているみたいで幻想的だった。

「これがコパリュスの魔法？　初めて見るけれどすごい」

素直な感想だった。光る球体は私の前方で止まって、地面が見やすくなった。ムーンが先頭で歩き出して、私の横にはコパリュスがついている。

「ところで魔法に詠唱《えいしょう》は必要ないの？」

元の世界にあるゲームなどでは、魔法は詠唱して使うのが一般的だった。

「普通は詠唱による具現化と魔力を消費して使うの。だから魔力のないメイアは残念ながら魔法は使えない。一流以上のレベルがあれば無詠唱でも可能かな」

　魔法は慣れてくれば詠唱を省けるのね。コパリュスは女神様の分身だから、簡単に無詠唱で魔法が使えるのかもしれない。

「魔物退治や動物を狩るときにも、魔法を使っているの？」

　歩きながらコパリュスに聞く。

「素手で倒しているの」

「強い魔物と聞いたけれど、コパリュスにとっては弱いから？」

「たしかに魔物は弱いけれど別の理由かな。神にも制約があって、地上で無闇に力を行使できないの。だから宝石神殿の敷地外では魔法は控えているの」

　神様同士での約束があるみたい。地上で神様同士が戦ったら、大変な事態になるのは容易に想像ができた。

「先ほど魔法を使ったけれど大丈夫？」

　素朴な疑問だった。

「宝石神殿の敷地内はコパの領域なの。ほかの神でも直接は手を出せないかな。敷地内なら自由に魔法が使えるから、あとですごい魔法を見せるの」

「それは楽しみね。元の世界には魔法がなかったから興味があるのよ」

「こちらが東門です。塀は背が高くなって、頑丈な石造りになっています」

ムーンが到着したことを教えてくれた。

コパリュスが光る球体を移動させて、東門と塀を照らしてくれた。まだ夕暮れだけれど見やすくなった。塀とあわせて東門も立派になっている。両開きの扉を開ければ、大きな乗り物でも通れる高さと広さがあった。

「初日に塀や門も案内してもらったけれど、そのときよりもきれいで頑丈に見える」

感想を述べながら横にいるコパリュスを見ると、難しい顔をしている。普段と異なる表情だったので、理由を聞こうと思ったときだった。

「メイア様、下がってください。強大な何かが近くにいます」

ムーンが私の前に立ちふさがった。初めて聞いた緊迫した声で、閉まっている東門を見ている。

「どうしたの？」

訳がわからず聞き返すと、東門の扉が音をたてながら開いた。扉の奥には人を思わせる輪郭が見える。

「ヒューマン族ではありません。気をつけてください」

ムーンが一歩前に出ようとするのを、コパリュスが制止した。

「コパが対応するから大丈夫なの」

ムーンとは対照的に、コパリュスは落ち着いて見えた。誰かが敷地内へ入ってくる。最初は薄暗くてよくわからなかったけれど、近くにくると背の高い男性とわかった。

「なつかしい気配と思ったが、女神とは別人か？」

「コパはオパリュスの分身なの。トナタイザンが何の用事なの？」

「わしは散歩の途中で寄っただけで、女神と争うほど馬鹿ではない。それよりも幻獣フェンリルと、変わったヒューマン族がいる。面白い組み合わせだ」

「誰なの？」

コパリュスの知り合いみたいだけれど、現状が飲み込めなかった。声量を下げてコパリュスに聞いた。

「古くからの知り合いで神獣ドラゴンのトナタイザンなの。だからムーちゃんは警戒しなくて平気なの」

「コパリュス様の指示に従います」

ムーンが私の横まで移動して、ドラゴンのトナタイザンさんを見すえている。

北東のクンラウ山脈に棲《す》んでいる神獣ドラゴンなら、ここまで来てもおかしくない。でも見た目は人間と変わらなくて、コパリュスの態度から敵対的ではなさそう。ドラゴンは怖い存在だと思うけれど、初めての訪問者が気になった。

「もう暗くなるから、あいさつは宝石神殿に戻ってしない？」

コパリュスに聞くと頷《うなず》いてくれて、全員で宝石神殿へ移動した。

*

宝石神殿の2階にある来客用の部屋へ、ドラゴンのトナタイザンさんをつれてきた。

私のとなりにはコパリュスがいて、向かい側にはトナタイザンさんが座っている。ムーンはまだ警戒しているのか、トナタイザンさんから視線を外そうとしない。

「私の名前はメイアで、わけあって宝石神殿で仕事をしています。知っていると思いますが、となりはオパリュス様の分身でコパリュス。最後は幻獣フェンリルのムーン。それであなたは誰なのですか？」

まずは私から説明を始めた。

「わしはトナタイザンだ。クンラウ山脈に棲んでいる、神獣ドラゴンといえばわかるだろう。先ほども話したように、女神の気配が気になって散歩の途中で寄っただけだ」

トナタイザンさんは長身で髪の毛が金色だった。あごひげもあって、体は鍛えられているみたいで、元気な老人という表現がふさわしかった。横柄な態度もなくて、悪意は感じられない。

「コパリュスは知っているのよね」

視線をコパリュスにむけてから、トナタイザンさんのほうへ顔を移した。

「コパがこの土地に宝石神殿を建てたあとに、トナタイザンがクンラウ山脈へ棲みついたの。神獣の中では強いほうのドラゴンかな。手出しをしなければ、トナタイザンからは危害を加えないから安心して平気なの」

「ヒューマン族でも魔物でも、わしの住処《すみか》で暴れたりしなければ倒さない。ところで、わしの顔をじっと見ているが、何か知りたいのか？」

トナタイザンさんと視線があった。じろじろと見すぎたかもしれない。

「ドラゴンと聞きましたがヒューマン族の姿に見えます。それで違和感がありました」

「神獣はほかの姿に変身できるし、真の姿でここへ来れば騒ぎになるからだ。次はわしから質問したいが、女神が彼女たちをつれている理由は何だ？」

「逆かな。コパがメイアについているの。ムーちゃんも同じ理由なの」

私を見つめるトナタイザンさんの眼光は、するどく迫力があった。コパリュスやムーンがいなければ、逃げ出していたかもしれない。それほどの威圧を感じる。

「この小娘が女神を引き連れているのか」

「詳しくは話せないの。コパとムーちゃんは、メイアの手助けをするためにいるかな。神獣といえども、メイアを小娘呼ばわりするのは許せない」

語尾が強かったので横に視線を移すと、コパリュスが真剣な顔つきをしている。怒っているようにも見えた。

「私の代わりに怒ってくれてありがとう。でも私は平気よ」

相手がドラゴンなら、小娘呼ばわりされても仕方ないと思う。

「でもメイアには、この世界を楽しんでもらいたいの」

甘えた声に変わって、不安そうな表情で私に訴えかけてきた。抱きしめたいけれど今はできない。代わりに頭をなでると、表情が少しだけ和らいだ。

「わしが悪かった。これからはメイアと呼ぼう。それに敬語も不要だ」

急に謝ったのを不思議に思って、トナタイザンさんへ視線をむけた。あきらかに困った表情をしている。

「それなら許すの。メイアはメイアなの」

コパリュスの表情が明るい笑顔になった。

「女神にそこまで言わせるメイアは、一体何者なのだ？」

トナタイザンさんが珍しいものを見るような目で私を見ている。異世界から来たとは説明できないけれど、嘘《うそ》はつきたくなかったので、普段通りの言葉で答えた。

「この宝石神殿でジュエリーを作って、完成品を奉納するのが私の仕事よ。オパリュス様の力を回復させるために任された仕事だから、コパリュスとムーンが私を助けてくれているの」

「詳しく聞きたい部分もあるが、女神が手助けをしている理由にはなっている。どのようなジュエリーを女神に奉納しているのか、聞いても平気か？」

ロードクロサイトのジュエリーは、すべて奉納しており手元にはなかった。

「奉納後だから数が少ないけれど、ゴールドのみのジュエリーなら見せられる」

「少し興味を持っただけだから、手持ちのジュエリーでかまわない」

判断に迷ったのでコパリュスへ聞いた。

「ジュエリーを見せても大丈夫？」

「かまわないの。それにメイアのジュエリーはコパのお気に入りだから、自信を持って見せるべきジュエリーなの」

革の鞄《かばん》から宝石箱を取り出した。宝石箱からデザインが異なる5つのゴールドジュエリーを出しテーブルに置いた。

「これが私の作ったジュエリーよ」

トナタイザンさんがひとつのジュエリーを手にとった。表面を少し眺めたあとに、裏面をじっくり確認している。しっかりと、でもていねいに扱っていて、ジュエリーの取り扱いに慣れているみたい。

5つのジュエリーで同じ動作をくりかえしていた。

「ていねいな作りで心がこもっている。デザインはありきたりのように見えるが独創性を感じる。まるで別世界のジュエリーに思えるくらいだ」

　別世界という言葉に動きが固まってしまった。私が異世界から来たのを知っているのかと疑問に思った。でもジュエリーを見ながら感心しているから、私の思い過ごしみたい。唐草模様《からくさもよう》も気に入ってくれてうれしい。

　気を取り直してトナタイザンさんに視線をむけた。

「オパリュス様に奉納するから、豊かな発想で作ったのよ」

「何百年ぶりに見るほどのすばらしいジュエリーだ」

　１００年単位での話からして、トナタイザンさんの時間感覚は私と違うみたい。さらにトナタイザンさんは言葉を続けた。

「どのジュエリーも見ていて飽きない。５つとも譲ってもらえないだろうか」

「その５つのジュエリーはまた作れるから平気よ。でも宝石神殿のレベル上げに関係するから……コパリュスは大丈夫？」

「レベル２になったからメイアの判断に任せるの」

「ありがとう。ジュエリーをほめられてうれしかったから、５つともトナタイザンさんにあげる」

「ありがたく頂こう。わざわざ散歩にきた甲斐《かい》があった。メイアなら、幻のジュエリーを作れる実力が身につくかもしれない」

トナタイザンさんは、ていねいにジュエリーをしまった。

＊

私のジュエリーがよほど気に入ったのか、トナタイザンさんは上機嫌でコパリュスと雑談をしている。ムーンも警戒心をといて、私の近くにきて座った。銀色の毛並みをなでると喜んでくれる。

雑談が終わったのか、トナタイザンさんが私に顔をむけた。

「メイアからジュエリーをもらうだけでは、わしの気がすまない。メイアがほしいものがあれば用意しよう」

「宝石に囲まれた生活で満足しているから、今はほしいものがないよ。その代わりに幻のジュエリーについて聞きたい」

さきほどトナタイザンさんが口にしていた言葉が気になった。幻という言葉はすてきな響きで、どのようなジュエリーなのか興味がある。

「これだけすごいジュエリーを作っているから、知っていて当然かと思った。幻の鉱物であるダイヤモンドとアダマンタイトを使ったジュエリーだ」

アダマンタイトはゲームなどで耳にした記憶があって、非常に硬くて入手が難しい鉱物という設定だった。この世界には元の世界にはない鉱物もあるようで、採掘や加工する楽しみが増えた。アダマンタイトの詳細も知りたいけれど、気になる言葉がある。

「ダイヤモンドも幻なの？」

コパリュスに小声で聞いた。元の世界ではダイヤモンドは希少だけれど、数は出回っている。幻と言われるレアな宝石は別にあった。

「ダイヤモンドには幻の言葉が似合っているの。メイアの宝石関連スキルはまだ低レベルだから、知らなくても当然かな」

私ではなくて、トナタイザンさんにむけての説明に思えた。私におかしな疑いがかからないように配慮してくれたみたい。

「宝石関連はコパリュスに教わりながら勉強しているところよ。早くレベルを上げて、きれいな宝石を使ったジュエリーを作りたい」

「このようなすばらしいジュエリーが作れるのに、初心者だったとは驚きだ。それなら知らなくても無理はないか。だが上を目指すのなら、すべてを吸収する積極性が必要だ」

「これから勉強して知識を深めるつもりよ。それでダイヤモンドやアダマンタイトが、幻と言われる理由は何？」

「両方ともレベル１０の鉱物なの。理由のひとつは採掘レベル１０のスキル持ちを見つけるのが非常に困難だからかな。もうひとつは採掘場所がほとんど発見されていなくて、探し出すのが無理に等しいの」

　コパリュスが教えてくれた。採掘可能な人材がいなくて、さらに採掘場所も不明ね。たしかに幻と言われるだけの理由はある。

「本当に幻なのね。私もいつかは作ってみたい」

「メイアがスキルをレベル１０にすれば採掘可能なの」

「世界を旅しながら、採掘場所を探すのも楽しそう」

「どうしてこの場所に、宝石神殿があると思う？」

　コパリュスの問いかけに考えをめぐらせる。何かしらの理由でこの場所に宝石神殿を建てた。信仰しやすい場所とは思えないから別の理由よね。宝石関連で考え出したら、ひとつだけ答えが思い浮かんだ。

「この敷地内なら鉱物の採掘が容易だから？」

「半分だけ正解かな。メイアが使う採掘場所では、すべての鉱物が採掘できるの。だからこの敷地に宝石神殿があるの」

　宝石神殿の地下に採掘場所があるのは、便利という理由だけではなかった。今まで気にしていなかったけれど、重要な理由でこの場所に宝石神殿を建てた訳ね。

「コパリュス様、重大な内容に思われます。神獣といえども平気ですか？」

心配そうにムーンが聞く。たしかに今の話から、宝石神殿内で幻の鉱物が採掘できると推測できてしまう。幻と呼ばれている鉱物の採掘場所情報は貴重のはず。

「トナタイザンなら大丈夫なの。それにメイアが許可しなければ誰も入れない。もし誰かがメイアを脅迫しても、宝石神殿の敷地内なら相手に神罰が下るの」

神罰の響きは特別で、宝石神殿のすごさを改めて認識した。

「安心して生活ができるのはうれしい。私ががんばれば幻のジュエリーを作れるのね」

「幻のジュエリーが作れるのなら、わしの加護を与えてもいい。メイアは採掘と加工スキルがあるようだが、鑑定スキルも持っていないと難しい」

トナタイザンさんだった。幻のジュエリーは神獣も加護を与えるほど貴重みたい。

「宝石鑑定スキルなら持っているの。だから幻のジュエリーが作れたらトナタイザンさんにもあげるね」

出会ったばかりだけれど、コパリュスが信用しているのが大きな理由だった。

「もし本当に作れたら、わしの加護を与えよう」

「ありがとう。気長に待っていてね」

「メイア様が作る幻のジュエリーを見たいです」

「ムーンに似合う幻のジュエリーも作るよ。もちろんコパリュスにもね」

「楽しみなの。でも今はお腹《なか》が空《す》いたから夕食がほしいの」

すっかり忘れていた。

「すぐに食事の準備を始めるね」

「わしはこのへんで帰るとしよう。ほかのジュエリーにも興味があるから、また散歩に来てもかまわないか？」

「大丈夫よ。来るのを楽しみにしている」


全員で1階に降りて宝石神殿の外へ出ると、すでに真っ暗になっていた。星空は幻想的だけれど、このままだと転ぶかもしれない。私の態度に気づいたのか、コパリュスが魔法で光る球体を出してくれた。

「メイアはドラゴンを見たことがあるのか？」

トナタイザンさんが聞いてきた。

「存在だけは知っているけれど、実際の姿は見たことないよ」

「せっかくだから本物を見せてやろう。宝石神殿前は狭いから一緒についてこい」

「コパリュスとムーンも一緒に行こう」

トナタイザンさんが南の道を歩き出したので、あとを追いかけた。宝石神殿の南側には4つの建物がある。南西側は宿屋と浴場で、南東側は荷物置き場と厩舎《きゅうしゃ》だった。今はどれも使われていないとコパリュスから聞いている。

建物から離れるとトナタイザンさんが止まった。

「周囲が開けているこの場所なら平気だろう。元の姿に戻るから離れていろ」

トナタイザンさんが見えない位置までうしろに下がった。

「この距離なら平気かな」

コパリュスが教えてくれた。

「相当離れているけれど、そんなに大きいの？」

「実際に姿を見たほうが早いの。もうすぐ元の姿へ戻るかな」

目の前にドラゴンの姿が現れると、前方にある星空が見えなくなった。光る球体では全体を映し出せないほどに巨大だった。

「想像以上の大きさ！　宝石神殿と比べても遜色なさそう」

すなおな感想だった。

「ここまで大きい神獣ドラゴンはめったに存在しないの」

「また会おう」

ドラゴンの翼が広がると、強烈な突風が吹いた。後ろへ飛ばされそうになるのをコパリュスとムーンが助けてくれた。突風が止《や》むと視界には星空が広がった。

「メイア様、大丈夫ですか」

「押さえてくれてありがとう。トナタイザンさんが飛ぶ姿は、すごすぎて言葉が出ない」

「金色にかがやく姿はもっとすごいの」

「それは楽しみね」

ファンタジーの代名詞と言われるドラゴン。実際に見ると感動が大きすぎて何も考えられなかった。この世界には私の知らない出来事がもっとあるはずだから、それを見聞きするのも楽しいかもしれない。

コパリュスとムーンをつれて宝石神殿へ戻った。

*

翌朝になってオパリュス様へのお祈りを終えてから、宝石神殿の地下2階にきた。もちろん横にはコパリュスとムーンがいる。

「昨日は聞き忘れたけれど、ダイヤモンドは幻なのよね。王族や貴族はどのような宝石を使っているの？　それともジュエリーを身につける習慣がないの？」

「ジュエリーは権力の象徴だし華もあるから、男女を問わずに着飾っているの。国宝級ジュエリーの宝石はルビーかサファイアで、地金はオリハルコンかな。宝石加工スキルが達人レベルにならないと、作るのが難しいジュエリーなの」

ルビーとサファイアは元の世界でもなじみのある宝石だった。2つの宝石は同じコランダムという鉱物名で、色の違いで宝石名が異なる面白さがある。それよりも地金に興味があった。

「オリハルコンはどのような鉱物か知りたい。アダマンタイトと同じで、元の世界には存在していない鉱物なのよ」

「オリハルコンは、アダマンタイトの次に貴重な地金の鉱物なの。青く輝くアダマンタイトと赤く輝くオリハルコンは、あこがれの地金かな」

「今から鉱物の鑑定が楽しみね。ところでルビーやサファイアが国宝級なら、通常はエメラルドがジュエリーの主役なの？」

元の世界ではダイヤモンド、ルビー、サファイア、エメラルドが世界4大宝石だった。この世界も同じなら、エメラルドも高級宝石であると思った。

「エメラルドやガーネットなどがレベル7の鉱物で、高級ジュエリーになるの。地金はミスリルが多いかな」

「ミスリルも実物を知らないけれど、どのような鉱物なの？」

「緑色が美しい鉱物で、一般的な貴族の多くが身につける高級ジュエリーなの」

鉱物の種類やジュエリーの価値観が少しずつわかってきた。

「幻や国宝級を除くと、高級ジュエリーが1番価値が高いの？」

「実質的な最高級はトパーズやスピネルを使ったジュエリーで、達人に近い一流以上でないと作れないかな。王族や位の高い貴族が争って着飾っているの」

宝石は元の世界で聞いたことのある名前も多いけれど、価値観は異なりそう。鉱物を鑑定しながら宝石図鑑で把握する必要があるみたい。

「いろいろと勉強になってうれしい。まだスキルレベルが低いからレベルアップを優先したい。ちなみにレベルが高い宝石や地金なら、宝石神殿のレベルアップも早くなる？」

「高レベルや高品質ジュエリーなら早くなるの。でもメイアのできる範囲で平気」

心を込めて、ていねいな作りを心掛ければオパリュス様も喜んでくれると思う。

「楽しみながらがんばってみるね。宝石採掘スキルがレベル３になったから、レベル４の鉱物も少し採掘できるのよね。どのような鉱物なのか興味津々よ」

「わたくしも楽しみです」

「ムーンも興味があるのね。じゃあ、さっそく採掘を始めようかな」

「今日は採掘を見ているの」

コパリュスとムーンが少し離れた位置で座りこんだ。

宝石箱の中からツルハシを取り出して、部屋の中央へ移動した。

「この場所ですべての鉱物を採掘できるのよね」

昨日のことを思い出して、コパリュスに聞いた。

「その通りなの。メイアは神の加護もあるから、時間をかければ可能なの」

「鑑定が進めばメイア様の宝石図鑑も充実します」

「その宝石図鑑は見応えがありそう。目標ができてうれしい」

「わたくしも楽しみです」

視線を地面へとむけた。レベル3までの鉱物はなんとなく採掘場所がわかった。ゴールドがありそうな場所へ移動して、ツルハシを振り下ろす。非力な私でも疲れずに何度も採掘できる。オパリュス様から頂いた宝石道具は優秀だった。でも今日は残念ながら、レベル4の鉱物には出会えなかった。

その日の終わりにジュエリーを奉納して、私自身のスキルレベルを確認した。宝石鑑定スキルもレベル3に上がった。


翌日の日中も鉱物を採掘していると、知らない鉱物が少しだけ混じっているのに気づいた。宝石鑑定に何度か挑戦すると、フローライトとプラチナの鉱物だと判明した。

「レベル4の鉱物が、わずかだけれどとれたみたい」

ちょうど3回目の鐘がなって、9時を知らせてくれた。2時間以上も採掘していた計算だけれど、宝石相手なら苦にならない。

「何の鉱物なの?」

コパリュスとムーンが近寄ってきた。

「レベル4の鉱物はフローライトとプラチナよ」

「宝石になった姿を見てみたいです」

「ムーンも宝石に興味を持ってくれてうれしい。宝石図鑑で見せるね」

　宝石図鑑を取り出して開いた。フローライトの頁《ページ》には宝石の絵がたくさんあって、青や緑、紫から黄色まで色とりどりだった。無色透明な絵も描かれている。

「目移りするくらい多くの色があります。どの色も光沢があってすてきです」

「プラチナと一緒に作れば、色鮮やかなジュエリーになりそう。でもロードクロサイトと同じで壊れやすいから、そろそろ強化も試したい」

「黒魔石と椿油《つばきあぶら》ですか」

　ムーンが聞いてきた。

「プラチナは黒魔石を、フローライトは椿油を使うみたいなの。ムジェの森にもある？」

「コパがとってくるの」

「宝石神殿もレベル2になったし、私もムジェの森へ行きたい。危険もあるけれど敷地の外を見たい」

　オパリュス様の消滅は当分なくなって、宝石に囲まれた毎日も充実している。この世界を楽しめればもっとうれしい。

「凶暴な魔物もいますが、メイア様はわたくしが守ります」

「みんなで行こうね」

「コパは今からでも行けるの。メイアの都合はどうなのかな」

「今日は採掘したレベル3鉱物をジュエリーにして奉納したい。ムジェの森へは明日の朝から行きたいけれど平気？」

コパリュスとムーンも明日で了解してくれた。明日を楽しみにしながら、採掘した鉱物を持ってすぐ横の泉へ移動する。泉の水を使って、ジュエリーに必要な鉱物のみにする選別作業を開始した。

*

翌日は朝食をすませたあと準備を始めた。3回目の鐘がなる前にはコパリュスとムーンをつれて西門へ移動した。宝石神殿は森に囲まれているためか移動中の空気がおいしい。西門の扉より先がムジェの森になる。

「今日は黒魔石と椿油の入手が目標だけれど、できれば食材の種類も増やしたい。食材や食材の種も一緒に見つけられる？」

コパリュスに聞いた。

「もちろん可能なの。椿の場所も知っているから、移動しながら探せると思う」

「メイア様が作る料理の種類が増えるのはうれしいです。わたくしが案内します」

「道案内をお願いするね。椿の種をつぶして作る椿油は、食用油や髪の毛を整える油としても使えると思うから、たくさん種がとれるとうれしい」

食用油があれば揚げ物も可能になるし、ほかには髪の毛のつやも復活させたい。宝石の強化以外にも使えれば生活が楽しくなる。


西門の扉を開けるとムーンが歩き出して、そのあとを私とコパリュスが続く。

「近づく魔物はムーちゃんが倒すから、メイアはコパの近くにいてほしいの」

「コパリュスとムーンがいるから安心ね」

「椿の群生地へ向かいます。離れないでついてきてください」

周囲には森が広がっていて、塀に沿った道とは別に、前方にある道は森の奥へと続いていた。でこぼこの道だけれど、道幅があるので乗り物も使えそう。

「宝石神殿から延びている道は、どこまで続いているの？」

「東西南北にそれぞれ大きい1本道があるの。大きい道は昔に作られていて、それ以外にも商人や冒険者が開拓した道があって、今では森の中が迷路状態かな。昔は往来があったけれど今はあまりないの」

凶暴な魔物やトナタイザンさんの影響よね。トナタイザンさんからは襲わないみたいだけれど、神獣ドラゴンがいるだけで怖いと思う。

「外の景色も見たいから、宝石神殿がレベル10になったら旅行しても平気？」

今は宝石に囲まれるだけでうれしいけれど、この世界も楽しみたい。コパリュスやムーンと一緒なら不安もない。

「旅行ならいつでもかまわないの。でも他国へ行くには、この世界の知識を覚えてほしいかな。宝石神殿の外は危険がいっぱいなの」

「旅行はコパリュスとムーンにいろいろと教わってから考えるね」

「脇道に入ります。メイア様は足元に気をつけてください」

ムーンが止まって振り向いた。横には獣道らしき細道がある。

「充分に注意するけれど、危なくなったら声をかけるね」

「慌てずにゆっくりでかまいません」

脇道の中央部分なら、軽装の私でも移動できるほどには歩きやすい。でもポニーテールが枝に引っかかりそうになるほど、道に木が浸食していた。コパリュスとムーンが、私の歩調に合わせてくれたのは、うれしい配慮だった。

少し進んだところで、急にコパリュスが私の服をつかんだので足を止める。

「どうしたの？」

コパリュスに顔をむけると、コパリュスはムーンを見ていた。

「魔物の気配です。倒してきます」

私の返事を待たずにムーンが走り出すと、あっという間に姿が見えなくなった。

「ムーちゃんにとっては弱い魔物だから、安心して待っていれば平気なの」

「何も気づかなかったけれど、近くに魔物がいるの？」

「少し遠くにいるけれど、通り道だからムーちゃんが退治する。この距離で気配に気づければ一流の冒険者かな」

「私に冒険者は無理みたい。でもコパリュスとムーンがいれば、安心して旅行や採集に行けるね」

その場で待っていると、音もなくムーンの姿が現れた。

「メイア様、魔物退治が終わりました。こちらが魔石で素材は出ませんでした」

器用に口から魔石を取り出した。黒魔石が5つに赤魔石が1つだった。

手のひらに6つの魔石を並べると、赤魔石は黒魔石よりも少しだけ大きい。宝石箱の中に魔石をしまった。

「黒色以外もあるのね」

「普通は黒魔石ですが、強い魔物なら赤魔石となります。わたくしのような幻獣に近い強さなら、白魔石や希少な素材も落とします」

「赤魔石があるから1匹は強かったのよね。ムーンが無事でよかった」

「このくらいの魔物は問題ありません」

　誇らしげにムーンが答えた。

「ムーちゃんなら平気なの。黒魔石は増えたから、残りは椿と食材かな」

「椿の群生地まではまだ遠いの？」

「もう少しで着きます」

　先ほどと同じ配置で奥へと進んだ。

　魔物には遭遇せずに移動ができて、ほどなくして椿の花が私たちを出迎えてくれた。私の背丈よりも高い木々が遠くまであって、群生地の名にふさわしかった。緑色の葉っぱに負けないくらいに、きれいな花が咲いている。

「椿の花はルビーを思わせる赤色ですごくすてき。ただ種の時期には早かったみたい」

「種の落ちるころになったら、コパが拾いにくる？」

　コパリュスならいつでも拾いにこられると思うけれど、試したい方法があった。

「最終的には宝石神殿で椿を育てたいから、何本か椿の木を持って帰りたい。宝石箱があれば持ち運びも可能だと思うから、試しても平気？」

「すてきな考えです。どのように木を掘りますか？」

　ムーンが聞いてきた。

「採掘道具を使うつもりよ」

「コパも手伝う。ムーちゃんは周囲を見張ってほしいの」

「危険が迫りましたら知らせます」

役割が決まったので、宝石箱からツルハシを取り出した。元気そうな木を選んで、根を傷つけないように土を掘る。コパリュスの手伝いもあって順調に作業が進む。椿の木は宝石箱よりも大きいけれど、３本の木を無事に収納できた。

「これで椿も入手できたよね。お腹も空いてきたからお昼にするね」

「コパが食材をとってくる？」

「昼食は用意してきたから大丈夫よ。木陰で一緒に食べようね」

宝石箱から朝食後に作った料理を取り出した。

コパリュスとムーンがおいしそうに食べ始めたので、私も料理に手をつけた。

温かい料理が冷えずに食べられるのはうれしい。何よりもコパリュスとムーンが喜んでくれるのが幸せだった。

楽しい食事も終わって、宝石神殿へ帰る途中に食材や食材の種も見つけた。果物の木を見つけたら、宝石神殿へ植えるのもよさそう。

宝石神殿へ戻ると、椿の木を植える場所を検討した。コパリュスに敷地内の状況を聞いたら、北東方向がよさそうみたいで、そこの空き地に椿の木を植える。ムジェの森へ冒険した1日が終わった。

＊

ムジェの森へ出かけてから何日か経過したけれど、椿の木は枯れずに育っている。

土の精霊による加護で土が豊かだからだと、コパリュスに教わった。園芸経験のない私にはうれしい知らせね。空気がおいしいのも風の精霊による加護があるみたい。

今は地下2階で採掘をしている。もちろん、コパリュスとムーンも一緒だった。

「フローライトとプラチナが確実に掘れるみたい。レベルが上がっていれば、プラチナジュエリーが作れる」

フローライトとプラチナともにレベル4の鉱物だった。

「きっとレベルアップしていると思います。メイア様の新作ジュエリーが楽しみです」

「コパも早くジュエリーを見てみたいの」

「5階へ行ってレベルを確認しようかな。そろそろお昼も近いから、加工は昼食後に挑戦するつもりよ」

4時間近く採掘していたので大量の鉱物がとれていた。

宝石神殿の5階へ向かう途中でお昼を合図する鐘がなった。5階に到着すると、スキル状態がわかる石のテーブルへ手をのせた。

「メイアのスキルは上がっていた？」

「宝石採掘スキルと宝石加工スキルがレベル4で、宝石鑑定スキルはレベル3ね」

「短い期間でレベルが上がっています。普通よりも早いです。さすがメイア様です」

「ほめてくれてうれしい」

近くにいるムーンをなでると、ムーンの表情がうれしそうになる。最近は慣れてきてムーンが喜んでいる感覚がわかった。私もモフモフとフサフサを堪能《たんのう》できてうれしい。

「コパもメイアがすごいと知っているの」

「コパリュスもありがとうね」

コパリュスは甘えん坊になるときがある。解決方法もわかっているので、頭をやさしくなでてあげた。うれしそうなコパリュスには笑顔があふれていた。

「今回の新作はフローライトとプラチナを使うのでしょうか」

ムーンが質問してきた。

「そのつもりよ。とくにプラチナは強化してみたい」

「ジュエリーも楽しみだけれど、コパはお腹が空いたの」

「区切りもいいから食事を作るね。レベルも上がったから、お昼は豪華にしようかな」

コパリュスとムーンと一緒に4階へ移動して料理を開始した。

ムジェの森にある食材での料理にも慣れて、今日の料理も納得の仕上がりね。宝石神殿に来た当初はムーンの食事に迷ったけれど、私たちと同じで平気との返事だった。

お肉と芋類を中心に、野草も多めに使った。

「メイアの料理はいつ食べてもおいしいの。お肉の香ばしさと、お芋のとろける食感がすごいかな」

「ムジェの森にある食材だけで作ったとは思えません。ほかの食材が増えれば、もっとおいしくなるのでしょうか」

喜んでくれて、料理を作った甲斐があった。

「食材が増えれば、料理の種類が増えて味にも変化を出せるよ。宝石神殿の敷地は広大だから、いろいろな食材を育ててみたい。空いている敷地は好きに使って平気？」

コパリュスに視線をむけた。

農業経験はないけれど、失敗しても減るものはないから、いろいろと試したい。

「自由に使ってかまわないの。コパもおいしい料理が食べられればうれしい」

「米や小麦、野菜や果物も作りたい。家畜が飼えればミルクや卵も手に入る。宝石に囲まれた毎日もうれしいけれど、コパリュスとムーンとの食事も楽しみたい」

大豆も育てられれば、味噌《みそ》や醤油《しょうゆ》も可能かもしれない。

この世界の食材や料理を教えてもらいながら、楽しい食事の時間を過ごした。

コパリュスとムーンをつれて、宝石神殿の地下1階にきた。これからレベル4の鉱物を使ったジュエリーを作る。椿油がないので宝石強化は無理だけれど、プラチナを強化できるだけでもうれしかった。

「どのようなデザインを予定していますか」

ムーンが聞いてきた。

「花のデザインにするつもりよ。フローライトは色の種類が多いから、色鮮やかな花が作れて、花束にしても面白そう」

「楽しみです」

「最初は地金作りから始めるから、少し離れていてね」

宝石箱から加工道具を取り出した。元の世界ではプラチナの強度を増すためにパラジウムを使っているけれど、この世界は黒魔石で強化するみたい。

プラチナの強化を開始した。宝石図鑑の知識と宝石加工スキルのおかげで、初めてのプラチナ強化も失敗せずに作業が進む。予定の数だけ強化が終わった。

プラチナ強化が終わるとフローライトのルースを作り始めた。順調にルースが仕上がって、完成した地金とルースをテーブルに置いた。

「すてきな色ばかりの宝石できれいなの」

　コパリュスがルースを手にとって眺めていた。

「色だけではなくて、大きさやカットも何種類か用意したのよ。コパリュスやムーンの気に入るジュエリーが作れると思う。楽しみにしていてね」

「できあがりが待ち遠しいの」

「わたくしも楽しみです」

「さっそくジュエリー作成にとりかかるね」

　別の加工道具を宝石箱から取り出した。

　宝石加工スキルで危険を回避できるけれど、フローライトも壊れやすいので無理は禁物だった。時間をかけて、じっくりゆっくりとジュエリーを作る。加工が終わると、最後に宝石神殿マークを刻印して完成だった。

　合計で３０個以上のジュエリーができた。リング、ネックレス、ブレスレット、イヤリングとジュエリーの種類も増やした。パリュールと呼ばれる、同じ宝石やデザインで作られたセットも用意する。

「芸術品と呼べるくらいのすてきなジュエリーです」

「どれもきれいなジュエリーなの。全部を宝石神殿へ奉納してくれるの？」

「コパリュスとムーンが喜んでくれてうれしい。初めてのパリュールだから、ぜひとも奉納したい。きっとオパリュス様も喜ぶと思う」

「楽しみだから、早く5階へ行きたいの」

コパリュスが私の手をとって、移動を催促している。ジュエリーを宝石箱へしまってから宝石神殿の5階へ向かった。5階につくと手前の奉納台へ作ったジュエリーを置く。

淡い光とともにジュエリーが消えて、部屋全体に光が充満した。この現象には覚えがある。宝石神殿がレベル3になった証《あかし》だった。

# 宝石神殿
# レベル
# 3

宝石神殿の5階で、ジュエリーの奉納が終わった。部屋全体に見覚えのある光が充満して、宝石神殿がレベル3になったみたい。

光がおさまって奉納台に視線をむけると、奉納台の上空に小さな姿が浮いている。人形の姿に似ていて、背丈は私の顔よりも少し大きいくらいだった。半透明でむこう側が透けて見える。

「コパリュス、何かが浮いているよ」

思わず指さしをしてしまった。

コパリュスとムーンへ視線をむけたけれど、普段通りの表情をしている。

「4大精霊で知られる土の精霊なの。宝石神殿がレベル3になった証《あかし》かな」

ファンタジーではなじみのある精霊だった。自分でも興奮しているのがわかる。

「急に出現したからびっくりした。でも精霊という言葉通りの神秘さがあって、宝石にも負けないくらいにかがやいている」

「メイアの驚いた顔が見られてよかったの。秘密にしていた甲斐《かい》があったかな」

宝石神殿がレベル2になったときを思い出す。レベル3はもっとすごいとコパリュスが話していた。たしかに精霊が出現するとは思っていなかった。

「すてきな瞬間が見られてうれしい。精霊はムーンと同じく会話ができるの？」

「中位精霊は無理なの。ムーちゃんは幻獣の中でも上位幻獣だから会話が可能なの」

「精霊と会話ができると思ったのに残念ね」

精霊や幻獣の中にも位があるみたい。この世界には通常では姿が見えない下位精霊がたくさんいて、その上に姿が見える中位精霊がいる。さらにその上に上位精霊がいて会話ができるようなので、いつかは精霊ともお喋《しゃべ》りをしたい。

「でもメイアが名前をつければ喜ぶと思うの」

「今回も私が名前を決めて平気なの？」

「すてきな名前を考えて」

土の精霊に視線をむけた。男性のような見た目で、職人を思わせる頑固さがにじみでている。４大精霊で頑固な表情。名前が思い浮かんだ。

「名前はダイヤよ。４大精霊にちなんで、元の世界にある世界4大宝石のダイヤモンドから名前を考えてみたよ。よろしくね、ダイヤ」

ダイヤがお辞儀をしてくれた。

「名前が決まってダイヤが喜んでいるの。コパも気に入ったの」

「メイア様らしい、宝石を使ったすばらしい名前です」

全員が喜んでくれてよかった。

「ダイヤが仲間になって、宝石神殿の生活も賑《にぎ》やかで楽しくなるよね」

「普段は敷地内を自由に移動しながら、土を豊かにしてくれるの。メイアが好きなときにダイヤを呼べば、現れてくれるかな」

今は部屋の中を漂っているけれど、精霊らしく自然の中で暮らすみたい。

「ぜひ椿《つばき》の木を見てもらいたい。私に園芸知識はないから土が豊かになるとうれしい」

「その前に画面で宝石神殿の情報を見たいの」

コパリュスが近くにある石のテーブルへ手をのせた。

画面に宝石神殿の情報が表示された。敷地内の状態をあらわす色は、レベル2のときと変わらなかった。でも機能向上の内容が追加されている。

「土の精霊の追加で、敷地内の作物は成長が早くなるのね。私にはうれしい知らせよ」

「ダイヤが出現したから、作物や樹木が枯れる心配はないかな。農業や園芸の知識があれば、質がよくなって量も増えるの」

「作物や樹木が枯れないなら、いろいろと試せそう。料理の幅も広がるから楽しみね」

「メイア様の新たな料理が待ち遠しいです」

私の料理を喜んでくれてうれしい。元の世界では作る料理は限られていた。せっかくの機会だから、いろいろな料理に挑戦してみたい。

「あまり期待しないで待っていてね。コパリュスの確認は終わった？」

早めに椿の木を確認したかった。

「宝石神殿の情報はわかったから、椿の木を見にいけるの」

「ダイヤも一緒に同行する感じ？」

「可能だけれど、椿の木がある近くで呼んだほうがいいと思うの。精霊は自由気ままだから、無理に拘束しないほうがいいかな」

「無闇には呼び出さないように注意して、今日は到着してから呼ぶね」


　コパリュスとムーンをつれて宝石神殿の外へでた。日が傾きだしたけれど、まだまだ充分に明るかった。北東方向に植えた椿の木へ到着すると、３本とも元気に育っている。無事に成長してくれてうれしい。

「丸い実が、いくつか見つかりました」

　ムーンが椿の木を見上げていた。目を凝らすと、花の代わりに実がなっている。

「順調に育っているみたい。実が熟成して、種が落ちれば椿油を作れる」

「強化されたジュエリーが楽しみです」

「私も宝石のきれいな姿が待ち遠しい。椿油は髪の毛の手入れや料理にも使えるから、いっぱい収穫できるようになりたい」

「どのような料理か楽しみなの。この場所で名前を呼べばダイヤがくるの」

　椿の木は順調に育っているようだけれど、園芸の知識はない。ダイヤが土の精霊でよかった。宝石神殿のレベルが上がれば、ほかの精霊にも会えるかもしれない。

「ダイヤ、近くにいるの？」

目の前に浮いた状態で、半透明なダイヤが出現する。間近で見ると年配男性を思わせる表情だった。私にむかって、ダイヤがお辞儀をした。

「メイアがお願いすれば、ダイヤができる範囲で希望を聞いてくれるの」

コパリュスが説明してくれた。精霊へのお願い事に、難しい手順はないみたい。

「宝石強化で椿の種が必要だから、椿の木が成長するように土をよくしてほしい」

ダイヤは私にお辞儀をしてから、椿の木の根元へ移動した。まるで風船が漂っているようにフワフワとしている。

ダイヤが根元の土に手をかざすと、銀色の粒子が舞う幻想的な光景が広がる。銀色の粒子が消えると、ダイヤが私の元へ戻ってきた。

作業が終わったのか、私に向かってお辞儀をしてくれた。ダイヤにとっては、お辞儀が意思表示みたい。

「これで椿の木も今までより順調に育つの」

「土をよくしてくれたのね。ありがとう、ダイヤ」

ダイヤが近くによってきたので、お礼の意味も込めて頭を触ろうとした。でも伸ばした手はダイヤを通り抜ける。何かにぶつかる感覚はなかった。

驚いてコパリュスに顔をむけた。当たり前の現象だったのか、コパリュスは落ち着いている。私が驚いた理由に気づいたみたい。

「精霊は魔力のかたまりだから普通は触れられないの」

「それは残念ね。でもいつかはダイヤの頭をなでてみたい」

確認のために手を伸ばしたけれど、先ほどと同じくすり抜ける。ダイヤはお辞儀をすると霧が晴れるように消えた。

＊

ここ何日かは椿の木を育てながら、採掘とジュエリー加工を繰り返していた。

「宝石加工スキルのレベルが上がっていると思うから、確認しにいきたいな」

加工の手を止めて、コパリュスとムーンへ視線を向ける。

今日の宝石加工で、ひとつ上のレベルにあたるレベル５の宝石を連続して加工できていた。昼食をとったあとにコパリュスとムーンをつれて宝石神殿の５階へむかう。

５階の部屋に入るとダイヤが姿を見せた。この場所ではダイヤを呼ばなくても、出現してくれるみたい。

石のテーブルへ手をのせると、コパリュスが横から覗《のぞ》き込《こ》む。

「メイアのレベルはすぐ上がってすごいの」

「宝石採掘スキルと宝石加工スキルがレベル5で、宝石鑑定スキルのみがレベル4ね。思っていた通りのレベルね」

コパリュスもムーンも、私のレベルアップが早いと驚いている。いろいろと考えてみると、いくつかの理由が思い浮かんだ。

「レベルアップが早い理由はなんとなくわかったかも」

「どのような理由ですか。宝石に愛されているのでしょうか。メイア様の宝石に対する熱意も影響していると思います」

ムーンの考えに同意する部分もあった。

「ある意味では宝石に愛されていると思う。何よりもオパリュス様から頂いた贈りもののおかげで、効率よく採掘や加工ができているのよ。それに宝石神殿がジュエリー工房として充実しているのもあると思う。すべての鉱物を採掘できる場所が、同じ場所にあるなんて通常ではあり得ないはずよね」

「道具や素材があっても、使いこなせない種族も多いです。メイア様の生み出すジュエリーは独特の美しさがあります」

「ほめてくれてうれしい。元の世界にあったジュエリーは、この世界とは異なるデザインや技法があるから、新鮮に映るのかもしれない」

発想があっても実現させる技術がないとジュエリーは作れない。元の世界ではスキルがなかったけれど、今の私には宝石加工スキルがある。ミネラルショーですてきだと思ったジュエリーや宝石のデザイン、加工が私自身でできるなんて運がよかったと思う。

「珍しいだけではなくて、メイアのジュエリーは高品質なものが多いの。高品質なものを多く作ればスキルレベルも早く上がるから、それも影響しているかな」

「たしかに失敗が少なくて高品質なものが作れるのも大きいと思う。でももうひとつ理由があると思うのよ」

「それは何なの？」

コパリュスが腕をとって聞いてきた。ムーンも理由を知りたいみたいで、私に視線をむけている。ダイヤはマイペースなのか、部屋の中を浮きながら移動していた。

「ここでは費用がかからないからよ。普通なら採掘には採掘場所を探す費用、加工には鉱物を入手する費用が発生する。もちろん道具にかける費用や生活費もある。鉱物やジュエリーが売れなければ生活も苦しくなって、採掘や加工も難しくなるから、私のように集中して作業ができないのよ」

「たしかにメイアは、毎日ずっと採掘と加工をくりかえしているの。だからレベルの上がり方が早いのかな」

「いろいろな要因があると思うけれど、費用はその要因のひとつだと思うのよ。私にはオパリュス様から頂いたスキルや贈りものがあって助かっている。コパリュスとムーンがいるから、生活を気にせずに宝石へ集中できる。コパリュスとムーン、いつもありがとう」

宝石神殿の外部と交流せずに生活できるのはコパリュスとムーンのおかげなので、あらためてお礼の気持ちを述べた。

「メイアがきたから宝石神殿がレベル2以上になったの。お礼を言いたいのはコパのほうなの。メイアには感謝している」

コパリュスの顔が近くにあったので、頭をなでると笑顔に変わった。愛らしいコパリュスがいるだけで私自身も癒《い》やされる。

「わたくしもメイア様と過ごせてうれしいです。メイア様のジュエリーを見ると心が躍ります。すてきな宝石も、かがやきを楽しませてくれます」

ムーンが近くに寄ってきたので、フサフサでモフモフの毛並みをなでた。温かさが伝わってきて、ムーンも気持ちよさそうに尻尾《しっぽ》を振っている。

いつの間にか、ダイヤも近くにきて漂っていた。

「ダイヤも土を豊かにしてくれてありがとう」

空中に浮きながらダイヤがお辞儀をしてくれた。

しばらくの間、この温かい空間を堪能《たんのう》した。フサフサでモフモフの毛並みにうもれて、少し眠ったみたい。目を覚ますと近くにコパリュスの寝顔があった。コパリュスも私と一緒にムーンの体で休んでいたみたい。

「うたた寝をしていたみたい。ムーンは重くなかった？」

「平気です。メイア様のうれしそうな寝顔が見られました」

「顔にまで出ていたのね。宝石神殿の生活が楽しいし、宝石採掘スキルと宝石加工スキルがレベル5になったのもうれしかった」

「そういえばレベル5の宝石は何が採掘されたのでしょうか」

「コパも知りたいの」

　コパリュスも起きたみたい。

　宝石箱の蓋《ふた》を開けて、『宝石図鑑』と念じて宝石図鑑を取り出した。

「まだ2人には教えていなかったね。主役になれる宝石はオパールとスフェーンよ。まずはオパールから見せるね」

　オパールの頁《ページ》を開くと、半透明な乳白色のオパールが迎えてくれた。代表的なホワイトオパールの絵で、ほかにも赤色が鮮やかな絵も描かれている。

「七色にかがやいていて、きれいな宝石なの」

「七色に変化する現象は遊《ゆう》色《しょく》効《こう》果《か》といわれていて、オパール独特のかがやきなの。実際の宝石ならもっと色の変化が楽しめると思う。水分を含んでいる宝石という珍しい一面もあって、取り扱いには注意が必要よ」

「内部に水があるとは珍しいです。ジュエリーになった姿が楽しみです」

「私も完成が楽しみだけれど、柔らかい鉱物だから加工が難しいのよ。カットによって遊色効果も変化するから、大変みたい。でも宝石加工スキルがあれば、きれいなルースを見せられると思う」

宝石図鑑にも水分の記載があって、加工が難しいと書き込まれている。元の世界とこの世界の宝石には共通の部分も多かった。

「コパは早く実際のオパールが見たいの」

「私も加工後のオパールに興味があるから、地下1階で加工してみようかな」

コパリュスとムーンをつれて移動した。

その日はルースをたくさん作って、オパールとスフェーンのプラチナジュエリーを数多く完成させた。

ルースと地金の素材があれば、簡単なジュエリーなら1時間に何個も作れてしまう。元の世界での速さは不明だけれど、スキルの恩恵は偉大だと感じる。宝石神殿の5階へいって、一部のジュエリーを残して奉納した。

今日はお昼まで採掘と加工をおこなって、奉納をして終わりにした。コパリュスが、この世界ではスフェーンは珍しいと教えてくれた。

＊

昼食後は椿の木がある近くでコパリュスとムーンと一緒にくつろいでいた。椿の実は熟成して種が落ちてきたから、もう少しで椿油が作れる。宝石神殿を中心にして、北東方向に果樹園を、南西方向に畑を作ろうと考えている。

「太陽の光を浴びて休むのも、気分転換になるからいいね」

コパリュスとムーンから働きすぎと注意されて、この場所につれてこられた。元の世界でのブラック企業に比べれば、大好きな宝石に囲まれる生活は苦にならない。でもコパリュスとムーンに心配はかけたくなかった。

「メイアが喜んでくれてうれしい。つれてきた甲斐があったの。宝石神殿のレベルも順調に上がっているから、もっと肩の力を抜いて平気なの」

「採掘と加工に慣れてきたから、今後はこの世界を楽しむつもりよ」

「どこまでもメイア様のお供をします」

「コパが世界を案内するね」

コパリュスとムーンの気持ちはうれしかった。

「みんなで出かける旅行は楽しそう。でも宝石神殿を留守にしても平気？」

すでに宝石神殿は、私の故郷《ふるさと》といえる場所だった。訪れる種族はほとんどいないけれど、下手に荒らされるのは避けたい。

「留守にしても大丈夫なの。心配ならトナタイザンに留守番をお願いできるかな。噂《うわさ》をすれば、トナタイザンの気配が近づいているの」

私にトナタイザンさんの気配はわからない。ムーンの視線が遠くのほうを見渡している南側で止まった。

「わたくしも南門付近に神獣の気配を感じ取りました。ほかにも別の気配がわずかに感じられます」

「トナタイザンさん以外にも誰かがいるのね」

コパリュスとムーンをつれて南門へ向かった。南門の扉が開いていて、手前にトナタイザンさんが立っている。そのうしろには数名の人影と、馬車が1台だけ止まっていた。

「わしの気配に気づいてきてくれたか。宝石神殿への客だ」

「トナタイザンさんの知り合いとは異なるの？」

代表して私が聞いた。

「ムジェの森で魔物に追われて迷子《まいご》になった集団だ。彼らが宝石神殿を探していたから散歩がてら連れてきた」

うしろから男性がひとり、トナタイザンさんの横へきた。男性の腰には剣が下がっている。私と似た姿をしているからヒューマン族だと思う。年齢は20代後半くらいで、細身だけれど鍛え抜かれた体に見えた。

「俺はダイジェイト、スークパル王国からきた一団の護衛隊長だ。わけあって宝石神殿を探している。この場所が宝石神殿で間違いないのか」

威圧を感じる言葉使いだった。ムジェの森だから警戒しているのかもしれない。

「ここが宝石神殿よ。私が宝石神殿を管理しているメイア」

相手に名乗ってから、私の立場が管理者であっているのか不安になった。横にいるコパリュスへ目をむけると頷《うなず》いてくれた。

「疑うつもりはないが、ここが宝石神殿でお前が管理者という証拠はあるのか」

知らない土地で知らない人物に会えば、慎重になるのは頷けた。

「宝石神殿の中を見れば納得してもらえると思う。案内するからついてきて」

南門から宝石神殿にむかって歩き出した。ダイジェイトさんと、もうひとりの男性が私たちの近くにきて、残りは馬車の近くへ戻った。

一緒にきた男性には獣みたいな耳と尻尾がある。コパリュスに小声で聞くとキャット族だと教えてくれた。初めて見る種族に胸が躍った。

　宝石神殿の前に到着すると、ダイジェイトさんが建物を見ている。

「ここが宝石神殿か。訪れる者はめったにいないと聞いたが建物はしっかりしている」

「私たちが最近住みだしたから、これからもっとすてきになるよ。１階の礼拝堂には宝石の女神オパリュス様が祭られている。それが宝石神殿である証拠よ」

　ダイジェイトさんとキャット族の男性を宝石神殿の中へ招いた。コパリュスのみが私についてきて、ムーンは宝石神殿の外で待機してもらっている。

　オパリュス様の像がある手前へ案内する。ダイジェイトさんはオパリュス様の像をじっと見つめてから、私のほうへ顔をむけた。

「知り合いから見せてもらった姿に近い。強い魔物のいるムジェの森で魔物が近寄らないのも本物の神殿だからだろう。あとはメイアが管理者かどうかだ。証明は難しいと思うが何か方法はあるのか？」

　最初に比べて、いくらか威圧感がなくなっていた。本物の神殿と認めたからかもしれない。

「宝石神殿の１階は誰でも入れるけれど、それ以外の階は私の許可が必要よ」

　ダイジェイトさんたちをつれて２階へ上がる扉の前に移動し、実際に入れるかどうかを体験してもらった。私が許可したときだけは扉を開けられて、２階につながる階段をのぼれる。それ以外は扉を開けられなかった。

「不思議な現象だが許可されないと移動できないのはたしかだ。宝石神殿の管理者か、それに認められている者だと納得できた」

「わかってもらえてよかった。ところで魔物に襲われる危険をおかしてまで、宝石神殿にきた理由は何なの？」

１番の疑問だった。商人や冒険者が休憩で訪れるのなら、宝石神殿かどうかは関係ないはず。ここまで宝石神殿にこだわるのには理由があると思った。

ダイジェイトさんが姿勢を正して頭を下げた。

「お嬢様の願いを叶《かな》えてほしい」

切実な声だった。私は話を聞くために宝石神殿の外へ出た。

*

噴水近くに止めてある馬車へむかった。

馬車から降りてきた人物は、お嬢様と思われる少女と、鞄《かばん》を持ったつきそいの女性に見える。２人ともヒューマン族だった。

私とコパリュスのほかにダイジェイトさんと馬車から出てきた2人をつれて、宝石神殿の2階へ移動した。部屋に案内すると、テーブルをはさんだ向かい側の椅子には少女のみが座った。ダイジェイトさんと女性は少女のうしろに立っている。

最初に座っている少女が口を開いた。

「私の名前はシストメア・ラコールで、スークパル王国のラコール伯爵家の者です。ムジェの森に宝石神殿があると聞いて探していました」

旅で疲れているはずだけれど、ていねいな話し方で、しっかりとした意志も感じる。かわいい顔立ちで元の世界なら中学生くらい。背中にかかる長い髪は大地を思わせる茶色をしていた。

王族や貴族がいると聞いていたけれど、実際に貴族と会えるとは思わなかった。

「この建物が宝石神殿よ。私は宝石神殿の管理者をしているメイアで、となりは一緒に住んでいるコパリュスね。シストメアさんは、ここにどのような用事があるの？」

「お嬢様に無礼だ。言葉使いがなっていない」

ダイジェイトさんで、剣に手をかけようとする。この世界でも貴族と一般庶民では格差があるみたい。でも私には貴族と会話した経験がないから対応に困ってしまう。

「ダイジェイト、下がりなさい。私たちはお願いする立場です。その呼び名でかまいません。私もメイアさんと呼ばせてもらいます」

今の話し方で問題なくて助かった。

「コパリュスと外にいるムーンのみとで生活しているのよ。だから礼儀作法がなっていなくてごめんなさい。それでシストメアさんの相談事を教えてほしい」

「ジュエリーの修理をお願いしたいのです。ガットーネ、品物を出して」

「かしこまりました。お嬢様」

シストメアさんのうしろに立っていた女性が、手持ちの鞄から茶色の箱を取り出す。彼女がガットーネさんみたい。清《せい》楚《そ》な感じでシストメアさんよりも年上に見える。ガットーネさんがテーブルの上に置いた茶色の箱は、両手に乗るくらいの大きさだった。

「箱を開けても平気？」

「かまいません。私の大切なジュエリーですので、取り扱いには注意してください」

「ていねいに見させてもらうね」


箱の表面は革作りになっており、箱の下側を押さえてゆっくりとふたを開ける。箱の中にはジュエリーが入っていた。中央にある半透明な宝石は、まるで七色の星によるきらめきみたい。両側には白銀の翼があって、天使にも鳥にも見える姿だった。

「すてきなペンダントトップね。オパールが幻想的なかがやきで、地金と翼のデザインにあっている。ただ大事に使われてきたと思うけれど傷んでいるみたいね」

「ほめてくださって、うれしいです。見てもわかるように壊れそうなのです。祖母からもらった大事なジュエリーで、どうしても元の姿に戻したいのです」

たしかに修理が必要なジュエリーだけれど、宝石神殿へくる理由がわからない。

「住んでいる場所には修理できるお店はないの？　この場所は宝石神殿だけれど、お店としての機能はないのよ」

「王都ドリペットには多くの宝石加工職人がいます。しかしオパールの修理は誰も引き受けてくれませんでした。理由はオパールが破損しやすいからです。老舗《しにせ》の職人から宝石神殿なら奇跡があるかもしれないと聞いて、この地まで来ました」

どのような奇跡か気になるけれど、私がくるまでは誰もいなかったはず。昔の信仰心が厚い時代なら、オパリュス様に願いが届いたのかもしれない。

「今の宝石神殿に奇跡はないと思う」

申し訳ないけれど率直に答えた。

「メイアさんは管理者と聞きました。奇跡でなくてもかまいません。修理できる職人を知りませんか」

シストメアさんは真剣な目で訴えてきた。よほど大事なジュエリーみたい。シストメアさんは悪い人には見えないし、何よりも年下のかわいい少女を悲しませたくない。でも私にはジュエリーの修理経験がなかった。

「コパリュスは、修理できる人に心当たりはある？」

横にいるコパリュスに聞いた。オパリュス様と意思疎通ができるから、何か知っているかもしれない。

「よく知っているの。メイアなら修理ができるかな」

コパリュスの言葉に耳を疑った。私には修理経験がないのを知っているのに、コパリュスの顔は平然としている。

「メイアさんが修理できるのなら、ぜひお願いしたいです」

システメアさんの声が飛び込んできた。

「待って、私には修理経験がないの。コパリュス、私なら可能とはどういうこと？」

視線をコパリュスにむけた。

「オパールを加工できるレベルになったから大丈夫なの。道具もそろっているし、メイアの宝石を思う気持ちはすごいの」

自信満々にコパリュスが答えた。でもジュエリーを作るのと修理とでは、難易度が異なっていると容易に想像できる。

「修理は作るよりも難しいから、失敗する可能性が大きいのよ」

私自身の実力を考えて答えたけれど、システメアさんとコパリュスの視線は期待に満ちているように感じた。それを裏付けるような言葉が返ってくる。

「メイアなら失敗は考えられないの」

「コパリュスがそこまで言うのなら修理を考えてみる。でも私が作ったジュエリーや、作る姿を見てから判断してもらえるとうれしい」

私の精一杯の答えだった。

「わかりました。ぜひメイアさんの作られたジュエリーを見せてほしいです」

「ちょっと待ってね」

収納アイテムがどの程度一般的か不明だったので、この場所で宝石箱から取り出すのは避けた。いったん部屋を出て、オパールのジュエリーを革の鞄へ直接入れた。

*

部屋に戻って革の鞄からジュエリーを取り出す。

「オパールのペンダントジュエリーよ。チェーンは外してある」

ガットーネさんがオパールのジュエリーをシストメアさんに渡す。ジュエリーの中央には大粒ルースがあって、周囲に小粒ルースがあるデザインだった。地金部分には細かい模様を刻んでいる。

「全部オパールですか。かがやきがきれいです。とくに中央の多面体カットオパールは初めて見ました。周囲のオパールのルース形状がすべて異なっているのもすてきです」

シストメアさんはペンダントを回転させながら確認したのちに、胸元へあてて雰囲気を見ている。シストメアさんは、ガットーネさんに小声で質問していた。

「時間があれば、ほかのジュエリーを見せることも可能よ」

「このジュエリーで充分です。金貨30枚以上の価値があります。繊細な地金の模様もありますし、メイアさんの実力はわかりました。ぜひ修理をお願いしたいです」

シストメアさんの言葉は力強かった。対等な立場で話してくれるのもうれしい。危険をおかしてまで、ムジェの森へきた意志にも応《こた》えたかった。

「シストメアさんの気持ちは充分わかったけれど、修理は明日まで待ってほしい。少し修理の練習をしておきたいのよ」

「明日でもかまいません。ただムジェの森は危険に満ちています。可能であればこちらに泊めて頂く場所はありますでしょうか」

私の様子をうかがうように聞いてくる。たしかトナタイザンさんが魔物に追われていたと言っていたので、ムジェの森で待ちたくないのは理解できる。

「宝石神殿には空いている部屋があるから、心配しなくても平気よ」

シストメアさんはずっとていねいに対応してくれた。本物の貴族に会ったのは初めてだったけれど、高飛車な態度は感じない。むしろシストメアさんには好感が持てた。

できるだけ気分よく休んでもらいたい。

「今いる2階と3階も使って平気よ。全員分の許可を出しておくね。宝石神殿の敷地内は安全な水と火、豊かな大地ときれいな空気があるから、ゆっくりできると思う」

「メイアさん、本当にありがとうございます。水の心配がいらないのも助かります。宝石神殿の門を通り過ぎたときから、空気が澄んでいると感じていました」

「4大精霊のおかげね。馬車を置く場所はどこかにある？」

後半はコパリュスにむけての質問だった。馬車を宝石神殿へ入れるのは気が引ける。

「厩舎《きゆうしや》と荷物置き場の建物があるかな。中央にある噴水をはさんだ南東側なの」

コパリュスからシストメアさんへ視線をむけた。

「助かります。もしジュエリーを作る予定があれば、見学させて頂けませんか。すばらしいジュエリーを作る腕前が見たいです」

「夕食前に少し作る予定だから一緒に見ても平気よ。ただ製作に集中したいから、シストメアさん一人のみでも大丈夫？」

誰彼かまわずに地下へ招きたくないという理由もあった。

「お嬢様一人だけでは危険です。俺もお供します」

ダイジェイトさんだった。今日会ったばかりの私たちを信用できないのは当たり前だと思う。でも宝石神殿は特殊な建物だから、できるだけ制限したい。

「ダイジェイト、私なら平気です。それ以上はメイアさんに迷惑をかけます」

ダイジェイトさんは心配そうだったが、シストメアさんの決定に従った。

今日の予定が決まったので1階へ向かった。

1階ではムーンと一緒にトナタイザンさんが、シストメアさんと一緒に来た人たちの対応をしてくれていた。言葉を喋る幻獣は珍しいのかムーンのまわりに人垣ができている。トナタイザンさんは見張りに近い感じだった。

「ムーンとトナタイザンさん、待たせてごめんね。話し合いが終わったよ。トナタイザンさんにはずっと付き合ってもらってありがとう」

「たいしたことはないから、気にするな」

シストメアさんと一緒に来た人たちはコパリュスとシストメアさんに任せて、私はムーンとトナタイザンさんに、シストメアさんたちが宝石神殿へ来た理由を説明した。

「10名近くの宿泊なので、何か手伝いましょうか」

ムーンの心遣いがうれしかった。

「基本の対応はコパリュスがしてくれる。シストメアさんの準備ができたらジュエリー加工を見せる予定だから、地下1階へはムーンも一緒にきてほしい」

「メイア様のお供はわたくしがします」

「わしもジュエリー加工に興味があるから、一緒に見学してもかまわないか」

「今回は人数制限したから、トナタイザンさんだけを特別扱いするのは難しいのよ。次の機会でも平気？」

「そうなのか。また散歩にくるから次でも大丈夫だ」

トナタイザンさんは私とコパリュスがいない間に、ムーンと一緒に待機していた人たちの対応をしてくれた。ジュエリー加工の見学は無理だけれど、何かお礼をしたい。手持ちのジュエリーを思い出した。

「最新作のスフェーンを使ったジュエリーがあるのよ。黄緑色の珍しい宝石で、色鮮やかな光の反射は息をのむ美しさね。見学できない代わりと言っては何だけれど、トナタイザンさんにもらってほしい」

宝石箱からスフェーンのジュエリーを取り出して、トナタイザンさんに渡した。

「スフェーンのジュエリーはほとんど見たことがない。わしが知っているスフェーンも、ここまではかがやいてなかったし、デザインも心にくるものがある。もらっていいのか」

「また作れるからもらってね。宝石品質がいいのは採掘できる場所のおかげだと思う」

トナタイザンさんがジュエリーを手持ちの袋にしまう。視線の先にシストメアさんの姿が見えた。横にはガットーネさんがいる。シストメアさんが私のほうへ歩いてきた。

「お待たせしました」

「私の用事もちょうど終わったところよ。トナタイザンさん、今日はありがとう」

「また散歩にくる。ジュエリーも楽しみにしている」

トナタイザンさんが宝石神殿をあとにした。

地下1階へ続く扉の前にきたところで、ガットーネさんと別れた。

＊

ムーンとシストメアさんと一緒に地下1階へと降りた。

「整理ができていて、きれいです。でも道具などは少ないように見えますが、この部屋でジュエリーを作っているのですか？」

シストメアさんの疑問はもっともだった。

「収納アイテムを見たことはある？」

コパリュスからは数が少ないと聞いていたから、恐る恐る質問した。

「我が伯爵家にもありますし知っています。ほかにも有名な冒険者や商人が持っていると聞きます。もしかして、メイアさんも収納アイテム持ちでしょうか」

収納アイテム自体は一般的みたい。容量無制限と時間停止に注意すれば平気そう。

「宝石神殿を管理する上で、収納アイテムを使っているのよ。重要な道具は収納アイテムにしまってあるから、部屋には一般的な設備や道具しか置いていないのよ」

私の説明で納得してくれたので、宝石箱から加工道具を取り出した。

準備が整うとオパールの研磨から始める。丸みを帯びたカボションカットは、表面がつるつるでカット面はない。ほかにも多面体カットのルースを作った。そのあとに地金とあわせてジュエリー加工をおこなう。

完成した宝石単体のルースとジュエリーをシストメアさんに渡した。シストメアさんは裏表をじっくり見て、光源の位置を変えながら眺めている。

「色のゆらめきを、ずっと眺めていたいです。見ていて飽きません。メイアさんは宝石加工スキルのレベルが高いのですか」

「レベル5になったばかりよ。ただいろいろな恩恵があるからかもしれない」

「もしかして宝石関連の加護を持っているのですか。それなら納得です。メイアさんに修理を頼んで正解だと確信しました」

私を信頼してくれるのはうれしかった。ただ修理できるか確証のない宝石神殿に、わざわざシストメアさん本人が訪れた理由はわからない。ムジェの森は危険だから、普通の貴族なら使用人や冒険者などにお願いすると思う。

「ジュエリーを修理するために宝石神殿を探していたのはわかったけれど、なぜシストメアさん自身が危険をおかしてまで宝石神殿へきたの？」

「私が祖母を元気にしたかったからです」

戸惑う素振りもなくて即答だった。

「詳しく聞いても大丈夫？」

「かまいません。実は祖父の提案で祖父母が王都へ引っ越したのですが、それ以来祖母の体調がすぐれないのです。王都の空気があわないようで、その祖母の姿に祖父も心を痛めています。祖父母にはいつまでも元気でいてほしくて、2人の思い出が詰まったジュエリーを直したいと思ったのです」

真剣な眼差《まなざ》しで語ってくれた。貴族というと威圧的な態度を想像するけれど、少なくともシストメアさんは異なると感じた。私もその気持ちに応えたい。

「そのような出来事があったのね。絶対に修理を成功させてみせる。王都の空気があわないのなら、宝石神殿の環境は過ごすのに適しているかもしれない」

「たしかに宝石神殿は空気がきれいです」

「4大精霊には感謝ね。夕食まで修理の練習をしたいから、見学はここまでで平気？」

シストメアさんに聞くと頷いてくれた。

「わたくしが2階へ案内します」

ムーンだった。コパリュスもムーンも気が利《き》くので助かっている。

「会話が可能な幻獣と聞きましたが、本当にすごいです。宝石神殿にはいろいろな加護があるように思います」

「宝石の女神オパリュス様のおかげよ。ムーン、あとはお願いね」

ムーンがシストメアさんをつれていった。私はジュエリー修理の練習を始める。元の世界にある記憶と宝石加工スキルのおかげで、夕食前には練習が終わった。


宝石神殿の４階へ行くとコパリュスの姿があった。

「メイアの作業は終わった？　コパはお腹《なか》が減ってきたの」

「夕食の準備を始めるね。シストメアさんたちの夕食は平気そう？」

「調理場を教えたの。安心して使える水と火には驚いていたかな。旅の途中だから料理は質素な感じで、メイアの料理とは大違い」

旅では最小限の荷物で効率重視になるのも理解できた。そのなかで魔物の心配がなく休めて、安全な水が確保できるのは重要だと思う。でもせっかく宝石神殿内にいるのなら料理も堪能してもらいたい。

「まだ料理を作っている途中かな？」

「そうだと思うの。メイアには何か考えがあるの？」

「一緒に料理を作るのもよさそうね。シストメアさんたちには、新鮮な食材を使った料理を食べてもらいたいのよ。私はこの世界の料理を知る機会にもなるしね」

「コパも一緒に手伝うの」

コパリュスと一緒にシストメアさんに会って、一緒に料理する許可をもらった。調理場で見た食材は硬いパンや乾燥品が多くて、手持ちの食材を渡すと喜んでくれた。

一緒に料理をしながら料理の情報も集める。スークパル王国は小麦が主食で、ムジェの森の東側にあるセファット王国は米が主食と教えてくれた。一番の収穫かもしれない。

追加で作った温かいスープとお肉を焼いた料理は好評で、みんなの喜んだ姿がうれしかった。

翌日、2回目の鐘がなったので宝石神殿の1階にむかう。日課のオパリュス様へのお祈りをするつもりだったけれど、オパリュス様の像の手前に人影があった。

先客はシストメアさんで、お祈りを終えて立ち上がった。

「シストメアさんもオパリュス様へのお祈り？」

私の声に気づいてシストメアさんが振り向いた。

「無事に宝石神殿へこられた感謝と、修理の成功を祈っていました」

「きっとオパリュス様も喜んでいると思う。3回目の鐘を目安にジュエリーの修理を開始するね」

「わかりました。鐘がなる前には1階で待っています」

シストメアさんはオパリュス様の像にお辞儀をしてから2階へ向かった。シストメアさんと別れたあとはお祈りをして、4階の部屋に戻った。


3回目の鐘がなる前に1階へ出向いて、シストメアさんと合流した。立ち会いはシストメアさんのみで、あとはムーンがつきそってくれる。

地下1階につき、ジュエリー修理の準備が完了した。

「修理を始めるね。修理中は手が離せないから、何かあったらムーンに聞いてね」

「近くでお待ちしています」

修理するオパールのジュエリーを手にとった。焦る必要はなにもない。

なるべく元の状態を生かして、ていねいに作業を進めた。危険な部分はスキルが助けてくれる。順調に作業が進んでジュエリーが元の姿へ戻っていく。修理が完了しても最後の確認まで手を抜かない。

練習した甲斐があったのか、満足のいく修理内容だった。

「修理が終わったよ。シストメアさんの目で確認してね」

オパールのジュエリーをシストメアさんへ手渡した。シストメアさんはジュエリーの表側と裏側の両方を調べた。ジュエリーを近くや遠くで眺めながら確認もしている。最後に持ってきた箱にしまった。

シストメアさんと視線があった。

「すばらしい仕上がりです。問題もありません。ありがとうございます」

ていねいな言葉とお辞儀で、お礼をあらわしてくれた。

「無事に修理ができてよかった」

達成感とシストメアさんが喜んでくれたうれしさに包まれた。

「メイア様の手さばきはみごとです」

ムーンも出来映えに感心してくれた。

「修理費用はいかほどでしょうか」

シストメアさんからの質問に戸惑った。実は硬貨の価値をよく知らないので聞いてみると、驚きながらも教えてくれた。価値が低いほうから、小銅貨、銅貨、小銀貨、銀貨、金貨、白金貨でそれぞれ価値は１０倍ずつ変化するという。話から、金貨1枚が元の世界では1万円くらいみたい。

シストメアさんによると、王都でのジュエリー修理は金貨5枚ほどが相場みたい。

「宝石神殿では硬貨を使う機会がないから、金貨1枚と情報でも平気？」

「かまいませんが、どのような内容が知りたいのでしょうか」

「ムジェの森以外の知識が少ないから、スークパル王国について教えてほしい。普段の生活や国の特徴などで充分よ」

「その内容なら平気です。王都では修理ができなかったことを考えれば、費用が金貨1枚というのは安すぎるほどです」

「シストメアさんが喜んでくれてよかった。私も修理した甲斐があった。それでスークパル王国はどのような国なの？」

スークパル王国はヒューマン族が支配する国で、国王が国を治めている。比較的治安のよい国でほかの国とも交流があった。王族や貴族といった存在は、私が想像する中世ヨーロッパに近いみたい。ほかにも周辺地域の情報も教えてもらった。

一通り聞き話を終えると、片付けをしてから1階へ移動した。

修理したジュエリーの入った箱を大事そうに抱えて、シストメアさんがお辞儀する。

「本当にありがとうございます。宝石神殿に来られてよかったです。ジュエリーの修理だけではなくて、メイアさんに会えたのもうれしいです。また来てもよろしいですか」

「もちろん大歓迎よ。よければ友達になってほしい」

コパリュスとムーンもいるけれど、友達は多いほうがうれしい。シストメアさんは貴族だけれど会話していて楽しかった。

「私からお願いしたいくらいでした。メイアさんは年上ですから、私のことはシストメアと呼んでください」

「呼び捨ては問題ありそうだから、シストメアちゃんと呼ぶね。私はメイアで充分よ」

「分かりました。早い時期にまたメイアへ会いに来ます」


すべての用事が終わってシストメアちゃんたちが帰る。シストメアちゃんはコパリュスとムーンとも仲よくなったのか、親しげに呼び合っていた。

シストメアちゃんとは今度ジュエリーと小麦を交換してもらう約束をした。宝石神殿の南門で馬車が見えなくなるまでシストメアちゃんたちを見送った。

# 宝石神殿
# レベル
# 4

日中に宝石神殿の5階にいた。

コパリュスとムーンが見守る中、オパールとスフェーンのジュエリーを奉納すると、部屋全体に光が充満した。宝石神殿がレベル4になったみたい。

「宝石神殿の情報を確認してみるの」

コパリュスがうれしそうに石のテーブルへ手をのせた。

画面に宝石神殿の情報が表示されると、敷地内の状態をあらわす色が変化している。今回は精霊の出現はないみたい。ダイヤはいつものように空中を漂っていた。

「宝石神殿と神殿の裏側にある倉庫の色が緑色になっているから、本来の状態に戻ったのよね。倉庫は食材を保存しているけれど、重要な施設なの？」

倉庫に入るには私の許可が必要なのだけれど、神殿から噴水をはさんだ反対側にある複数の建物は、誰でも出入りができると説明を受けていた。

「建物自体は普通だけれど保管場所は重要なの。緑色なら温度管理もできるかな」

私には宝石箱という特殊なアイテムがあるから気にしていなかった。物を安心安全に保管できる場所はたしかに重要ね。食材もすべて宝石箱に入れれば、時間停止の恩恵は受けられる。でも収納時点で止まるから熟成ができない。通常の環境下での状態も知りたいから、食材の半分くらいは倉庫に保管してあった。

「温度管理はうれしい。この階も何か変化しているの？」

「5階は特別で最初から全機能が使えるの。ほかの階は機能が向上しているかな」

「それは楽しみ。私のスキルを確認したら見に行きたい」

コパリュスに代わって、私が石のテーブルに手を置いた。

「すべてのスキルがレベル5です。メイア様は熟練にふさわしい能力があります」

ムーンがレベルの目安を教えてくれた。

「順調にスキルが上がってうれしい。レベル6の宝石ではブルーゾイサイトが見つかったけれど、ほかにも宝石があると思うから探すのが楽しみね」

ブルーゾイサイトは初耳と思ったけれど、元の世界ではタンザナイトと呼ばれていたのを思い出した。

「新たな宝石が楽しみです」

「椿油《つばきあぶら》も完成したから、宝石強化も試してみるね」

昨日、椿の種をつぶして作る念願の椿油がついに完成した。敷地内の果樹園にある椿以外にも、コパリュスがムジェの森で種を取ってきてくれていたので、一定量の椿油が確保できた。椿油は宝石強化以外に、食用油としてや髪の毛を整えるのにも使える。

「コパはお腹《なか》が空《す》いたの」

コパリュスが私の服を引っ張って催促した。

「そろそろ、お昼の時間ね。せっかくだから椿油を使った料理でも作ってみようかな」

「楽しみなの。コパも一緒に手伝う」

　ダイヤに別れをつげてコパリュスとムーンと一緒に4階へ移動する。レベルアップによって宝石神殿内の内装が変わっていた。ところどころにある光の魔石具も格調高くなって、数も増えている。

　調理場にある魔石具も大中小と大きさが異なって数も増えた。考えていた料理を同時に作れそう。宝石箱から食材と椿油を取り出して、コパリュスと一緒に料理を始めた。

「お肉料理のカラアゲと、お芋を使ったフライドポテトを作ろうかと思うの」

　ときどきトナタイザンさんが差し入れで、お肉などを持ってきてくれたから、食材は豊富にあった。ジュエリーのお礼みたいだけれど、宝石箱に保管すれば劣化もしないから助かっている。

「初めて聞く名前ですがおいしそうです」

「コパも一緒に作りたい」

「カラアゲはコパリュスにお願いするね。最初はお肉をひと口で食べられる大きさに切ってから、塩と薬草とすり下ろしたリンゴを混ぜたものに入れてね。よく揉《も》んだあとにパン粉を表面に押しつけてから教えてね」

「わかったの」

シストメアちゃんが来たときにもらった、硬いパンからパン粉を作った。貴重な小麦だけれど使うのは今よね。ムジェの森で見つけた薬草やリンゴも使う。たしか薬草はお肉の臭みを消せて、リンゴはお肉を柔らかくしてくれる。

私はフライドポテト作りを開始する。ジャガイモの皮をむいてから細長い形に切って、椿油で2回揚げるだけだった。最初は弱火で2回目は強火にするとおいしくできあがる。

「まんべんなくパン粉をつけたの。次はどうするの？」

コパリュスが聞いてきた。

「あとは椿油をひいた鍋で、焦げないように揚げるだけよ」

「試してみるの」

コパリュスの動きを見ながら私も調理を再開する。火の魔石具による温度調整にも慣れて、揚げ終わったジャガイモに塩を振ってフライドポテトが完成した。コパリュスのカラアゲも問題なくできあがった。

「香ばしい匂いです。両方とも食べるのが楽しみです」

「ムーンも喜ぶ味だと思う。あとは食後の果物も用意するね」

リンゴは食べるほかに種も植えていて、北東側にある果樹園では芽が出始めている。収穫はまだ先だけれど楽しみで、ほかにも芋類やニンジンを南西方向の畑に植えた。

リンゴも切り終わって、すべての料理をテーブルへ並べた。

「コパはフライドポテトから食べるの」

揚げたてのフライドポテトにコパリュスが手を伸ばす。ムーンはカラアゲを器用に食べ始めた。言葉は不要でうれしそうな顔が結果を物語っていた。

「久しぶりのカラアゲとフライドポテトは、食べるのが楽しみね」

フライドポテトを口に入れると、あつあつのほくほくが、口の中に広がった。椿油のほのかな香りが味を引き立ててくれる。

カラアゲにも手を伸ばした。今までの素焼きや煮込みに比べて、肉汁がいっぱいあふれ出す。口の中で分かれたカラアゲを何度もかみしめた。

手が止まらなかった。

「メイアの食欲がすごいの。でもコパの分は渡さない」

コパリュスが自分のお皿を手前に引く。無意識のうちにいっぱい食べていたみたいで手の動きをゆるめた。

「なつかしい味で勢いがついただけよ。手持ちの食材でも思った以上においしい味ね。コパリュスとムーンも満足のいく料理だった？」

「食べるほど食が進む味わいで、どちらの料理も満足です」

「コパも両方とも気に入ったから、また作ってほしいの」

コパリュスとムーンも喜んでくれて、作った甲斐《かい》があった。

「気に入ってくれてよかった。小麦があればもっと香ばしくできるから、システメアちゃんが来てくれるとうれしい。また会いたいし一緒に食事もしたい」

「誠意のある祈りをしていたから、約束は守ると思うの」

「それは楽しみね。椿油で髪の毛のつやが戻ったら、椿油自体も渡したい」

「きっと喜ぶと思います」

宝石神殿への奉納以外でも楽しみができた。

今頃は修理したジュエリーを見せているかも知れない。システメアちゃんの気持ちはおばあ様に伝わっていると思う。システメアちゃんを思い出しながら、最後のカラアゲを口の中へ入れた。

*

今日は3回目の鐘がなったあたりで、宝石強化の準備が終わった。宝石神殿の地下1階で強化する宝石は、今の宝石加工スキルで上限にあたるオパールに決める。宝石箱から宝石図鑑を取り出して、強化方法を確認すると気になる点があった。

「宝石の強化には椿油と思っていたけれど、オパールには精霊の炎も必要みたい。どのような炎か知っている？」

前に宝石図鑑で強化方法を確認したときは、地金は黒魔石で宝石は椿油と載っていた。

「宝石のレベルによって必要な材料や炎も変化して、レベル5からは精霊の炎が必要かな。それ以降のレベルは、メイア自身で確認したほうが楽しめると思うの」

コパリュスの言う通りかもしれない。私の知らない宝石知識が、新たにわかるのは喜びでもある。今後の楽しみはあるけれど目先の問題は解決したい。

「レベルアップの楽しみが増えたけれど、今は精霊の炎よ。どこで入手できるの？」

「探す必要はないと思います。メイア様はすでに持っています」

予想外の答えがムーンから返ってきた。初めて聞いた精霊の炎を、私は持っているみたいだけれど記憶にはない。

難しい顔をしていたみたいで、コパリュスが私の顔を覗《のぞ》き込《こ》んだ。

「コパからの贈りものを忘れたの？」

オパリュス様に頂いた贈りものを思い出すと、宝石道具に炎を扱うものがあった。

「宝石加工で使う火の魔石具？」

「その通りなの」

「そういえば料理で使う火の魔石具と、宝石加工の火の魔石具とでは炎が違っていたよね。もしかして、この炎が精霊の炎なの？」

「精霊が影響すると銀色の粒子が舞うの。コパやムーちゃんなら感覚でわかるけれど、メイアでも見た目で判断できるかな」

「宝石加工で使う水の魔石具、銀色の星々に思えたのも同じ理由よね」

普通の火や水の魔石具だと思っていたけれど、実際は精霊が関与していた。この世界らしい現象で興味のある内容だった。

「ダイヤの行動でも銀色の粒子が舞うの」

「土を豊かにするダイヤをよく見てみるね。宝石の強化材料が異なるのなら、地金も異なる可能性があるよね。ミスリルでも確認したい」

宝石図鑑でミスリルを確認する。強化は黒魔石ではなくて赤魔石が必要とある。たしか赤魔石は強い魔物が落とす魔石だったはず。

「赤魔石なら、あとで取ってくるの」

「ミスリルはまだ先だけれど、事前に赤魔石があると助かるから、お願いしようかな」

「わたくしも赤魔石を集めてきます」

コパリュスとムーンが取ってきてくれる。うれしい心遣いだった。

「レベル6の準備は平気そうね。精霊の炎があるならオパールの強化を始める。どのように強化されるのか楽しみね」

宝石箱から宝石加工の道具を取り出して、近くに宝石図鑑を置いてから注意点を確認する。強化方法は簡単で、椿油に宝石を入れて精霊の炎で熱するだけだった。ただ温度管理が重要みたいで宝石加工スキルの出番となる。

オパールのルースは手元に数多くあるから、失敗を恐れずに試せた。ルースを椿油の中へ入れて、注意点を守りながら強化を開始する。適正な炎の温度はスキルが補ってくれるので、スキルの偉大さを感じながら宝石の強化に挑戦した。

強化が完了したオパールを椿油から取り出して、コパリュスとムーンに見せる。横に強化前のオパールを置くと明らかに違いがわかった。

「強化したオパールはかがやきがすごいの。色合いも深みが増しているかな」

「強度も上がっていると思います」

コパリュスもムーンも強化したルースを喜んでくれた。

「ここまで見た目が異なれば宝石強化は有効ね。強度の比較は難しいけれど表面はきれいになっている」

椿油が表面に染み込んで、微少な傷を塞いでくれたみたい。

「すべてのルースを強化するのですか」

ムーンからの質問だった。

「ルース自体がきれいなら、そのままの状態で残したい。無処理でもかがやきがきれいならばジュエリーの希少性は増すはずよ」

「天然の状態を残すのも、すばらしいと思います」

「コパはどちらでも平気なの。メイアの好きに宝石やジュエリーを作ってほしいかな」

肯定的に受け止めてもらえてうれしい。一般的に宝石は美しくて希少性があって、耐久性がある鉱物を示すみたい。宝石強化は美しくなって耐久性も高くなるけれど、天然ならではの美しさもあると思う。

「宝石の強化方法がわかったからルースの選別を実施するね。これだけきれいな宝石ができればシストメアちゃんも喜びそう」

「誰でも魅了される、かがやきだと思います」

「たくさん奉納をしてから、シストメアちゃんやトナタイザンさん用を作ってみたい。もちろんコパリュスやムーンも、ほしいジュエリーがあれば教えてね」

コパリュスとムーンの好みを聞きながらルースを選別した。4回目の鐘がなるころにはオパールとスフェーンの選別が終わる。その日は宝石強化をいろいろと試した。

*

今日は昼食前にジュエリー加工が終わって、そのまま宝石神殿の5階へ行ってジュエリーの奉納を終えた。宝石と地金を強化したジュエリーだったけれど、宝石神殿のレベルアップにはもう少しかかるみたい。

私自身のスキル確認もおこなった。

「宝石採掘スキルがレベル６で宝石鑑定スキルと宝石加工スキルはレベル５のままね。ムーンの由来であるムーンストーンと、アイオライトが確実に採掘できるようになるからうれしいな。地金のミスリルは初めて見るから加工が楽しみよ」

ミスリルは元の世界にない鉱物で緑色だった。

「早く本物のムーンストーンが見たいです」

ムーンに宝石図鑑でムーンストーンを見せると感動していたけれど、やはり本物の宝石が待ち遠しいみたい。

「実際の宝石はもう少し待ってね。採掘とジュエリー加工を毎日しているから、あまり時間をかけずにレベルが上がると思う」

「楽しみにしています」

ムーンがうれしそうに尻尾《しっぽ》を振っている。銀色の毛並みをなでると、モフモフとフサフサを同時に堪能《たんのう》できる。コパリュスやムーンと一緒にいると心が休まった。

コパリュスに視線をむけると難しい顔をしていた。

「宝石神殿のレベルが上がりにくくなって悩んでいるの？」

私の声に反応して、コパリュスが顔をむけた。

「噴水に誰か来ているの。門から入ってくる間は敵意を感じなかったけれど、ちょっと気になったの。もしかしたら宝石神殿に入ってくるかな」

「トナタイザンさんやシストメアちゃんと違う？」

「それなら気配でわかるの」

「敷地内には魔物は入れないのよね。旅の商人か冒険者？」

「メイアの考えであっていると思うし、このまま5階にいれば安心なの」

相手はここに誰かいるとは思っていないはずだから、無闇な争いは避けたい。でもこの世界の住人とはあまり会っていないので、旅の商人や冒険者に興味があった。

「危険がないのなら会ってみたい。これからも旅の商人や冒険者が来ると思うから、今のうちに慣れておくのも重要と思うのよ」

「メイアが会いたいのならかまわないの」

「メイア様はわたくしが守ります」

「頼りにしているね」

　コパリュスを先頭に、私の横にはムーンがついてくれた。守られているという安心感がある。5階から1階へ降りて、宝石神殿の外へでた。

　10人以上の人影と2台の馬車が止まっている。こちらに気がついたみたいで、中肉中背の男女２人が私たちに近づいてきた。２人ともヒューマン族で、私よりも年上の３０代あたりに見える。

「あたいたちは旅の商隊だよ。怪しい者ではないさ。お嬢ちゃんたちは誰だい？」

女性は笑顔を見せながら、やさしく声をかけてきた。黒髪のショートヘアで手には長い杖《つえ》を持っている。横の男性は剣を腰に下げていた。

「私は宝石神殿の管理者で、この宝石神殿で暮らしているのよ」

代表者として私が答えた。

ほかの人物も私たちに気づいたみたい。襲ってくる気配はないけれど、遠巻きに様子をうかがっている。いつでも対応できる体勢にも見えた。

「住人がいたとは初耳だよ。前に来たときは無人だったから、今回も普通に休んでいたのさ。お嬢さんたち、責任者を呼んでくれるかい」

女性はていねいに受け答えをしてくれる。話し合いができそうで一安心した。

「私が宝石神殿の責任者でメイアよ。となりの少女がコパリュスで、フェンリルのムーンも一緒に生活している。宝石神殿にいるのは私たちのみね」

質問してきた女性は思考をめぐらせているみたいで、じっと私のほうを見ながら険しい顔をしている。男性は危険になったら対処できるように構えている。でも戦闘経験のない私には、すごいかどうかはわからなかった。

私を安心させるためか、女性は笑顔に戻って横の男性を一歩後ろに下がらせた。

「あたいたちはレッキュート連合国からの商隊で、セファット王国にむかう途中だよ。急ぎの荷物があってムジェの森を通っている。メイアちゃんたちに危害を加えるつもりはないさ。休憩が済んだら、ここを離れる予定だよ」

両手を広げて敵意のない姿を示した。本当に危険な相手ならコパリュスが動いていると思う。説明が本当かは不明だけれど、敵意がないのは私にも伝わってきた。

「休むのならゆっくりしてね。コパリュス、噴水の周りだと休みにくいと思うのよ。どこか休める場所はある？」

コパリュスに視線をむけた。短時間のため宝石神殿以外の場所にしたかった。

「南西の建物が適していると思うの。１階は調理場と食事もできる広さがあって、水や火の魔石具を使って平気なの。２階は休憩できる個室もあるかな。建物のとなりには体を洗う施設もあるから、旅の汚れも落とせるの」

「食事ができる広さに休憩ができる部屋もあるのなら、まるで宿屋ね。浴場の水はお湯にもできるの？」

コパリュスに聞いた。

「今は水のみかな。でもわき水だから清潔なの」

宝石神殿と倉庫以外には、噴水をはさんだ反対側に宿屋と浴場、厩舎《きゅうしゃ》と荷物置き場があって、前から旅人が来たときに重宝できそうだと思っていた。

　女性のほうへ顔をむけた。

「噴水周辺で休むよりも快適な建物のほうが楽よ。厩舎もあって馬も休ませられる」

「助かるよ。商隊の代表者を今から呼んでくる。あたいはマクアアンリさ。横にいる男は夫でガルナモイトだよ。４人で冒険者をしているのさ」

　ガルナモイトさんが噴水周辺へ戻って、代表者と思われる男性をつれて戻ってきた。

＊

　ガルナモイトさんがつれてきたのは帽子をかぶった小太りの男性で、立派な口ひげがあって身なりもよかった。

「わたしは商人のコルンジです。この商隊の代表者でもあります。この場所が宝石神殿で管理者がいると初めて知りました」

　女性の私相手でもていねいな口調だった。

「私が宝石神殿を管理しているメイアよ。本物の管理者とわかる方法があるから、代表者に来てほしい」

　シストメアちゃんたちに説明した方法を実践すると、２階に行く扉の開け閉めで驚いていた。コルンジさん以外に、マクアアンリさんに試しても同様の結果だった。

「メイア殿が管理者であると納得しました。休憩に建物を貸して頂けると聞きました」

「休憩なら建物を提供できるし、水と火の魔石具も自由に使ってかまわない。その代わりに情報がほしいのよ。周辺国の情報を知らないから、一般的な情報で平気よ。荷物に余裕があるのなら物々交換もしたい」

　商人なら売れ残った荷物があるかもしれない。ジュエリーと交換が無理ならシストメアちゃんからもらった金貨もある。

「これから食事の準備だったので、建物の中で休めると助かります。情報と物々交換は食事をしながらでも大丈夫ですか」

「それで平気よ。建物に案内するね」

　旅の商隊は商人関係者が5名と、4名の冒険者が2組だった。

　コルンジさんとマクアアンリさんのパーティー4名が、私と一緒に宿屋の2階へ上がった。私の横にはムーンがついてくれた。宿屋は石造りで古びてはいるけれど、しっかりとした造りだった。コパリュスは1階で、ほかの者たちを対応している。

　大きな部屋に入ってから自己紹介を始める。ムーンが言葉を話せるフェンリルとわかると、みんな驚いていた。

　そのときガルナモイトさんの声を初めて聞いた。どうやら無口みたい。残りはエルフ族の男性がトアイライオさんで、キャット族の女性がスズリピララさんだった。トアイライオさんはゆったりとした話し方で、スズリピララさんは元気がよかった。

「メイア様、わたくしたちの食事はどうしますか」

　ムーンが聞いてきた。

「こちらで用意しましょうか」

　コルンジさんが気を利《き》かせてくれたけれど、旅の途中だから無駄な食料は消費したくないはず。シストメアちゃんたちの食事を思い出した。ゆっくりと休めるときぐらい、おいしい料理を食べたいと思う。

「旅の途中だと思うから無理しなくても平気よ。でもパンを少しだけ分けてほしい。パンを使った味見してほしい料理があるのよ。珍しい料理だと思うけれど食べてくれる？」

「パンなら余分にあります。ぜひ食べさせてください」

　うれしそうな表情でコルンジさんが答えてくれた。

「お肉もあるかにゃ」

　スズリピララさんが身を乗り出してくる。キャット族の名に恥じない、猫耳の小柄な女性だった。

「温かいお肉料理もあるよ。たくさんあるから、いっぱい食べてね」

「お腹が膨れるまで食べるにゃ」

コルンジさんが代表してパンを用意してくれた。

「これだけあれば作れるから、この部屋で休んでいてね。ムーン、一緒に行こう」

ムーンをつれて、1階に降りて調理場を覗くと賑《にぎ》わっていた。宝石神殿の調理場に比べて狭いので、私が割り込む場所はない。奥にコパリュスの姿が見えた。

「コパリュス、私たちは宝石神殿で差し入れを作ってくる」

私の声に反応して、コパリュスが顔をむけてくれた。

「ここはコパがいるから平気なの。差し入れはコパの分も忘れないでほしいかな」

「たくさん作るから平気よ。お皿の用意はお願いね」

コパリュスが頷《うなず》いたのを確認してから、ムーンと一緒に宝石神殿へむかった。


4階にある普段使う調理場で料理を開始する。調理場も強化されたので一度に大量のカラアゲとフライドポテトが完成した。コパリュスとムーンに好評で、何度も作ったので時間はかからずにできた。

「今回も香ばしくておいしそうです」

できあがった料理にムーンも満足してくれた。

「大きな鍋に入れるね。宿屋の前で宝石箱から出して運べば違和感はないと思う」

大きな鍋を2つ用意して、カラアゲとフライドポテトを別々に入れる。宝石神殿を出て噴水近くまで来ると見慣れた人影があった。

「近くを散歩していたら多くの気配を感じたが、何かあったのか」

老人とは思えないほど元気な、トナタイザンさんだった。

「商隊が休憩に来ているのよ。せっかくだから差し入れの料理を作った。トナタイザンさんからもらったお肉も使っているから、よければ一緒に食べない？」

「それは散歩の途中で寄った甲斐があった。料理はありがたく頂く」

「大きな鍋があるから運ぶのを手伝ってね」

宝石箱から大きな鍋を２つ取り出した。

宿屋に入るとコパリュスがお皿を並べていた。お皿ごとにカラアゲとフライドポテトを盛り付ける。２階のコルンジさんたちにも料理を運ぶ。２階の部屋にはコパリュスとトナタイザンさんが増えた。

「近所づきあいしているトナタイザンさん。迷惑でなければ同席させてね」

「人数が多いほうが食事も楽しいです。わたしは大丈夫です」

コルンジさんが答えると、ほかの人も頷いてくれた。

「わしはメイアの作るジュエリーを気に入って散歩がてらによく宝石神殿へきている。メイアの客ならムジェの森で困ったときは助けてやる」

「それは助かります」

「あいさつよりも料理にゃ。おいしい匂いで我慢ができないにゃ」

スズリピララさんは、今にも料理に飛びつきそうだった。

「冷めないうちに食べてね。お肉料理がカラアゲで、お芋料理がフライドポテトよ」

「さっそく頂くにゃ」

スズリピララさんが自分の皿へ料理を取って食べ始める。目を細めたおいしそうな笑顔が見られたので、それだけでうれしかった。ほかの人も食べ始めた。

「この料理はくせになる味だよ。あたいは気に入った」

マクアアンリさんの口にあってよかった。

「僕はそれなりに長く生きていますが、初めて経験する味です」

エルフ族のトアイライオさんも喜んでくれた。長身で細身の青年に見えるけれど、この世界でもエルフ族は長生きみたい。

「ムジェの森で、温かくておいしい料理を食べられるとは思いませんでした。たしかメイア殿は情報と物々交換が希望でしたが、どのような情報と品物ですか」

コルンジさんの顔つきが少し変わった。商売人に切り替わったのかも知れない。

＊

宿屋の2階での食事が終わって、商人のコルンジさんに質問した。

「情報は住んでいる国がどのような場所かくらいで平気よ。自給自足の生活だから、品物は日用品から食料まで何でもほしい。畑作りも始めたから種や実でもうれしい。ただお金はあまりないから、私が作ったジュエリーと物々交換だと助かるの」

「では、ジュエリーを見せてもらえますか」

聞かれると思って事前に宝石箱から出しておいた。宝石と地金を強化したオパールとスフェーンのブローチで、地金はプラチナを使っている。

コルンジさんの前にジュエリーを置いた。

「遠目からでもすばらしいジュエリーですが、手にとってもかまいませんか」

「好きなだけ見てね。最近、力を入れているジュエリーなのよ」

「4つの葉っぱを使ったデザインはよく見かけます。だからこそ、このジュエリーのすごさがわかります。葉っぱ1枚1枚にある宝石は、繊細なカットで光沢が幻想的です。雰囲気からして強化された宝石でしょうか」

「ほめてくれてうれしい。宝石も地金も強化してあるのよ」

本当はメレダイヤを合わせたかったけれど、この世界ではダイヤモンドは幻の宝石だ。ほかの宝石で代用できないかあとで考えてみたい。

「オパールは金貨４０枚でも売れるでしょう。もうひとつの宝石は見かけません。希少な宝石と思われますが、買い手がつくかは不明です」

珍しい宝石でも人気がなければ高値で売れない。スフェーンは出回っていない宝石みたいだから、商人なら慎重になるのは納得がいく。

「交換はオパールなら平気？　もうひとつはスフェーンだけれど、宝石品質の採掘が極端に少ないみたいだから見かけないと思う。人気があるのかどうかを判断するために貸し出しも可能よ」

「借りられるのなら知り合いの貴族に見せられます。オパールのジュエリーは金貨２０枚相当で交換はどうでしょうか。経費を考えると妥当と思っています」

「その価格で平気よ。どのような品物に余裕があるの？」

この世界の相場は不明だけれど、金貨２０枚は元の世界の２０万円相当になる。売値が４０万円と考えても、極端におかしな価格とは思えなかった。

「手持ちで出せる品物はそれほど多くないのです。緊急での届け物があって必要最小限しか持っていません。オパールは金貨で買わせてもらえないでしょうか。あとは情報を提供します。必要な品物は次回来るときにお持ちします」

通常はムジェの森を迂《う》回《かい》するらしい。でも複数の国を移動すると時間がかかるから、緊急時はムジェの森を使う。ムジェの森は直線で進めるけれど危険な魔物がいるから、余分な品物がないのにも納得できた。

「急ぎの旅だったのよね。その内容でかまわないわよ」

オパールのジュエリーを3個売って、スフェーンのジュエリーは1個だけ貸した。今のところお金の使い道はないから、金貨よりも食材がありがたかったけれど、ないものは仕方なかった。

レッキュート連合国とセファット王国の情報を聞く。レッキュート連合国は、独立している複数のヒューマン族が集まった連合国家だった。部族間で小競り合いはあるみたいだけれど、基本は平和みたい。

セファット王国はドワーフ族が支配していて、採掘や加工にすぐれているらしい。やはり米が主食で間違いなかった。

「手短ですが、このような情報で平気ですか」

「その内容で充分よ。今度セファット王国から来るときに米を用意できる？　ほかにも農作物の種があるとうれしい。畑や果樹園を作っているけれど経験がないのよ。いろいろな種類の農作物を試してみたい」

「その程度ならかまいません。セファット王国へ行って用事を済ませたら、レッキュート連合国に戻ります。帰りもムジェの森を通りますので宝石神殿に寄ります」

話がまとまったので、ジュエリーと金貨を交換した。

1階へ戻ろうとしたときに、ガルナモイトさんが目の前に現れた。

「畑を見たい」

突然の言葉に戸惑った。ガルナモイトさんから話しかけてくれるとは思わなかった。私の戸惑いを感じ取ったのか、マクアアンリさんが近寄ってくる。

「驚かせたかい。普段は無口な男だけれど、ガルナモイトは実家が農家なのさ。だから農業には興味を示すんだ。時間はないけれど、少しだけでも畑を見せてもらえるかい」

「こちらからお願いしたいくらい。畑の作物で食事を豊かにしたいけれど、農業経験がないのよ。宿屋の裏側から近い場所に畑があるから案内するね」

コルンジさんに事情を説明して、少しだけ時間をもらった。

ガルナモイトさんのパーティー4人に畑の作物や状態を説明した。ガルナモイトさんは言葉数は少ないながらも、分かりやすく指摘してくれる。雑草の処理や作物同士の間隔、つるがある作物の対処方法なども教えてもらった。

「育っているのが不思議」

枯れてもおかしくない状態で驚いているみたい。

「精霊の恩恵があるのよ。ダイヤ、土の状態を見てくれる？」

何もない空間に話しかけると、空中にダイヤが出現する。ダイヤはお辞儀をしてから畑の土へ近づいた。ダイヤが手をかざした場所は銀色の粒子が舞う。

「この土地からは精霊を強く感じていましたが、精霊と意思疎通ができるとは驚きです。僕が住んでいた森を思い出します」

「トアイライオが驚くとはすごいのさ。メイアちゃんは精霊使いかい」

「宝石が大好きなただの宝石職人よ。でも宝石神殿を手助けしてくれる精霊のダイヤとは仲良し」

遠くでコルンジさんが手を振ったので出発の時間みたい。話を切り上げて噴水へ戻ってきた。

「帰りも宝石神殿へ寄ります。そのときに取引できるのを楽しみにしています」

「コルンジさんたちも気をつけてね。強い魔物もいるけれど平気？」

「心強い冒険者がいるから大丈夫です。怖いのは神獣ドラゴンでしょうか」

トナタイザンさんの正体を知ったら驚きそう。でも私が正体を教えるのは筋違いに思えた。トナタイザンさん自身の表情を見たけれど話す素振りはなかった。

「神獣ドラゴンは強いけれど、悪さをしなければ襲わないと思う」

「そのように願っています。それでは出発します」

東門で姿が見えなくなるまで見送った。宝石神殿からムジェの森を出るまでは2日くらいで、そこから街までは数日かかるみたい。トナタイザンさんも商隊の後を続くように東門からムジェの森へと消えていく。コパリュスとムーンをつれて宝石神殿へ戻った。

今回初めて商人と取引をしたことで、宝石神殿や私自身の立場やスキルの恐ろしさに気づいてしまった。

鉱物の採掘からジュエリー加工までほとんど費用がかからないのに、少し売るだけで元の世界でもらっていた給料1か月分を軽く超える。お金に目が眩《くら》む管理人だったら、きっと宝石やジュエリーを大量に作って売りさばくと思う。大量に出回れば希少性はなくなって、結果的に宝石の価値が下がって宝石神殿の求める姿と逆行する気がした。

宝石神殿の快適な環境を、私が制限なく利用できるのはなぜかという疑問の答えが、今回の取引でわかったような気がする。オパリュス様は、私からは宝石を大切に思う心が強く感じとれると言っていた。つまり私ならお金目当てに宝石やジュエリーを売らないと判断したと思う。

それでも何が起こるかわからないから、コパリュスやムーンが一緒にいる。監視役かもしれないけれど、コパリュスは私の行動を制限していない。その期待を裏切らないためにも、ジュエリーの価値がわかる人にしか売らないように気をつけたい。

コルンジさんたちが訪れた日から数日後、いつものように宝石神殿の5階でジュエリーを奉納した。淡い光とともにジュエリーが消えると、部屋全体に光が充満した。宝石神殿がレベル5になった証《あかし》だった。

# 宝石神殿レベル

# 5

ジュエリーの奉納が終わって宝石神殿がレベル５になった。

部屋全体の光がおさまると、奉納台の上空に小さな姿がある。ダイヤと同じ精霊だと感覚でわかった。見た目はほっそりとした少女に見える。

「精霊が出てきてくれてうれしい。今回は何の精霊？」

コパリュスに聞いた。

「風の中位精霊なの。またメイアが名前をつけて」

前回はダイヤモンドから命名した。残りの世界４大宝石は、サファイア、エメラルド、ルビーで、風の精霊からイメージを膨らませる。

「名前はエメよ。エメラルドのような緑色が、さわやかな風にあっている」

少女の精霊がその場で何度も回転した。

「エメも喜んでいるの」

「すてきな名前です」

コパリュスとムーンも一緒に喜んでくれた。

ダイヤはお辞儀で、エメは回転で意思表示するみたい。

「エメ、これからよろしくね」

よほどうれしいのか、私の周囲を飛び回りながら回転を繰り返していた。ダイヤは少し離れた位置で浮遊している。精霊が増えて賑《にぎ》やかになってうれしかった。

「宝石神殿の情報を確認するの」

コパリュスが近くにある石のテーブルへ手をのせた。

画面に宝石神殿の情報が表示されて、敷地内の状態をあらわす色はレベル4と同じだった。エメに関連した機能向上が追加されている。

「風が豊かになるらしいけれど、今ひとつイメージが浮かばない。コパリュス、どのような効果なのか教えて」

「心地よい風を届けてくれるの。清々《すがすが》しい気持ちになる以外に、宝石神殿の敷地内なら状態異常や病気はならなくなるかな」

「健康でいられるのはうれしい。私の宝石スキルを確認したら、宝石神殿の外で風を感じて思いっきり深呼吸してみようかな」

コパリュスの確認が終わったあとに、石のテーブルへ手をのせる。宝石採掘スキルがレベル6で、宝石鑑定スキルと宝石加工スキルがレベル5だった。

「同じレベルが続いていますが、もう少しでレベルが上がると思います。メイア様が加工するムーンストーンが楽しみです」

「宝石加工スキルのレベルが上がったら、ムーンストーンのジュエリーを作るね」

「すてきなジュエリーが待ち遠しいです」

スキルの確認が終わって、コパリュスとムーンをつれて宝石神殿の外へでた。畑へ行くために噴水の横を通ったときだった。

突如、目の前にエメが現れた。風のように舞いながら私の横で止まる。

「精霊は自由気ままだから、呼ばないと出現しないと思っていた」

「エメはメイアを気に入ったみたいなの。よければ、そのまま浮遊させて」

「私もエメが近くにいるとうれしいけれど、せっかくだから能力を見たい。エメ、私の周辺にある空気をきれいにしてくれる？」

エメは回転してから私の周囲を飛び回った。エメが通過すると銀色の粒子が舞う。銀色の粒子は精霊が影響を与えた証《あかし》みたい。

周囲の空気が澄み切ったように感じたので、両手を広げて大きく深呼吸した。

「メイア様、心地よい風が舞っています」

「空気がおいしい。目に見えないのが残念だけれど、エメの能力はすてきよ」

エメが目の前で何度も回転する姿は、まるで踊りを見ているみたい。私が歩き出すとエメは肩辺りに浮きながら一緒についてきた。

畑に到着すると、ガルナモイトさんの指摘を参考に作業を開始した。コパリュスとムーンも一緒に手伝ってくれる。以前よりも育ちがよくなってきて、力仕事が必要なときはトナタイザンさんにお願いしていた。

「大きく育っているの。食べられる野菜はあるかな」

「畑の手入れをしてからニンジンを収穫するね。ダイヤ、土を豊かにして」

ダイヤが出現して、お辞儀をしてから土をさわる。ダイヤがさわった土周辺は、祝福されたように銀色の粒子が舞った。畑全体の土を豊かにすると、ダイヤは私の前でお辞儀してから霧が晴れるように姿を消した
「おいしそうな野菜を見つけたの。メイア、早く収穫したいかな」

コパリュスとムーンと一緒にニンジンを収穫する。エメは私たちを応援するかのように周囲で舞っていた。

*

今日は朝から宝石採掘をしながら鉱物を鑑定して、加工の作業も順調に進んだ。昼食をとってからコパリュスとムーンをつれて宝石神殿の5階へ行く。部屋に入るとダイヤとエメが出迎えてくれた。

ジュエリーの奉納が終わってから石のテーブルへ手をのせた。

「全ての宝石スキルがレベル6になったみたい。これでムーンストーンの加工を始められるね。コパリュスとムーンが取ってきてくれた赤魔石もあるから、ミスリルの強化もでき

る。ムーンにすてきなジュエリーを作ってあげるね」

「メイア様のジュエリーは、どれも心がこもっていますので楽しみです」

「コパにも何か作ってくれる？」

コパリュスが近くに寄ってきて私の腕を取った。かわいらしい顔で見つめる姿に断る理由は何もない。コパリュスの頭をなでてあげると、うれしそうに目を細めた。

「もちろん考えているよ。コパリュスにはアイオライトで作るね。アイオライトは見る角度で色が異なる多色性の特徴があって、色合いを楽しめる宝石よ」

「早く見たいの」

「わたくしも完成が楽しみです」

コパリュスとムーンが期待した目で私を見ている。すぐにでも作ってあげたい。

「地下1階にいって作り始めるね。完成品を楽しみにしてほしいから、加工中はひとりで作業したい。コパリュスとムーンは1階で待っていてくれる？」

「ムーちゃんと一緒に待っているの」

宝石神殿の5階から1階へ降りた。ムーンとコパリュスと別れて、ひとりで地下1階へむかう。宝石箱から道具を取り出した。精霊の炎が使える火の魔石具も用意する。

宝石自身のかがやきを堪能《たんのう》してもらいたいから、シンプルなデザインで、複数の宝石を使う形がよさそうね。普段使いを考えると、コパリュスとムーンでジュエリーの種類は変えたほうがよいみたい。頭の中に完成品が思い浮かんだ。

　スキルの力を借りてジュエリーを作り始めた。ミスリル強化はプラチナ強化と基本は同じ。ムーンストーンとアイオライトの研磨は、かがやきの方向を意識してカットする。

　時間を忘れて加工に専念した。最後に、いつも以上に心を込めて宝石神殿マークを刻印した。完成した満足のいくジュエリーを箱に入れて、リボンを結んでから1階へむかう。コパリュスとムーンを見つけて近づいた。

「ジュエリーが完成したよ。赤色リボンがコパリュス、青色リボンがムーンへのプレゼントね。気に入ってくれるとうれしい」

　コパリュスがリボンを引っ張って結び目を解《ほど》いた。ムーンも足と口を使って器用に開けて、ジュエリーを取り出していた。

「海を見ているような青さなの。中央の大きな宝石は細かいカットが神秘的。ミスリルの緑色が、周りにある小さな宝石の色味を引き出している。コパは気に入ったの」

「喜んでくれてうれしい。ブローチだから落とす心配は少ないのよ」

「コパにブローチをつけてほしいの」

「右胸の少しだけ上側につけるね」

　かがみ込んでブローチをつけてあげると、近くで見えるコパリュスの顔には満面の笑みが浮かんでいた。頭をなでると私に抱きついてくる。

「メイアが来てから毎日が楽しいの。消滅も回避できて、宝石神殿もよくなってコパはうれしい。ジュエリーのプレゼントもありがとう」

「私のほうこそ、宝石に囲まれて毎日が充実している。コパリュスとムーンもいるから楽しい生活が送れている。これからも一緒に楽しもうね」

　コパリュスはうれしそうに胸元のブローチを何度も見ていた。

　ムーンに視線をむけると、私とコパリュスが終わるまで待っていてくれたみたい。

「大小のムーンストーンが連なって、幻想的な光の移り変わりがすてきです。実物のムーンストーンが見られて満足です。わたくしにもジュエリーをつけてください」

「首に巻く感じでジュエリーをつけるね」

　ムーンに直接ジュエリーをつけることはできないから、ネックレスなら外れにくいと思った。ムーンのジュエリーもミスリルで、緑色が華をそえている。

　両手を回してムーンの首にジュエリーをつける。ムーンストーンは合計20個くらい使った。シラー効果と呼ばれる青白い光がすてきな変化を与えてくれる。

「メイア様のジュエリーは温かな気持ちを感じます。わたくしはメイア様のお供ができてうれしいです」

「私もムーンと一緒に過ごせて楽しい」

ムーンの体をなでてあげた。フサフサでモフモフの毛並みが、私を包み込んでくれる。まるで太陽の温かさを受けたみたい。

コパリュスとムーンと一緒に完成したジュエリーを堪能する。夕食の時間になるまでジュエリーや宝石図鑑を眺めて、楽しい時間を過ごした。

*

今日も朝から採掘と加工をおこなって、完成したジュエリーを奉納した。昼食後は天候がよかったので、コパリュスとムーンをつれてムジェの森へ散歩にいく。新しい食材や魔石の補充もしたかった。

「ただ歩くだけでも爽快な気分になれてうれしい」

「コパもメイアと散歩できて楽しいの。でもムジェの森には、メイアにとって強い魔物がいるから、コパとムーちゃんの近くから離れては駄目なの」

「ずっと近くにいるから、危険が迫ったらすぐに知らせてね」

オパリュス様からもらったスキルや贈りものはすべて宝石関連のみで、私は戦うすべを持っていない。それでも生活ができるのはコパリュスとムーンがいるからだった。

感謝の気持ちを込めて作ったジュエリーを、コパリュスとムーンはうれしそうにつけている。あの日、ジュエリーを贈ってよかった。

食材探しにも慣れてきた。いまだに魔物の気配はわからないけれど、ムーンが走り出すのは近くに魔物がいる証拠だった。

「メイア様、宝石神殿からだいぶ離れましたが、そろそろ戻りますか」

「そうね。キノコや山菜、魔石も集まったから帰ろう」

赤魔石も2個入手できたのでミスリル強化にも使える。来た道を戻ろうとしたときだった。コパリュスが私の服を摑《つか》んだ。

「魔物以外の気配を感じたの。少し遠いから何かは不明かな」

「ムジェの森から、どこかの国へ向かっている感じ？」

旅の商人や冒険者なら争いはさけたい。会わずにすむのなら、それでもよかった。

「宝石神殿に近づいているみたいなの」

「会う必要があるみたいね。また旅の商人や冒険者かもしれない。コルンジさんたちみたいな理解ある商隊なら助かるけれど、危険だったら守ってね」

「メイア様には誰も近寄らせません」

ムーンが先頭で歩き出して、私の横ではコパリュスが同じ歩調で進んでくれる。宝石神殿の方向よりも南側に向かっていた。

「メイア、安心して平気なの」

　私を気遣ってくれたのか、コパリュスがやさしい笑顔を見せてくれた。

「メイア様、知っている気配です」

　コパリュスの発言から少し遅れて、ムーンが立ち止まってこちらを向いた。

「誰なの？　もしかしてシストメアちゃん？」

　私の知り合いは少ない。コルンジさんが宝石神殿を去ってから、あまり日にちは経《た》っていなかった。願望と消去法で名前を聞いた。

「その通りなの。でも今回は人数が多いかな」

　コパリュスが答えてくれる。先ほどコパリュスが安心と言ったのは、相手が誰であるのかわかったからだった。足取りが軽くなった気がして、前方にいるムーンへ追いついた。

　コパリュスとムーンと一緒に歩き出した。


　歩きやすい道に出て、宝石神殿の方向へ視線を向けたけど何も見えない。反対側に視線を移動させると遠くに馬車が見えた。

「向こうから近づいてくるから、この場所で待ってみようかな」

　姿が認識できる距離で馬車が止まった。馬車の横にいた大柄な男性2人が、私たちに向かって歩いてくる。前回護衛していたダイジェイトさんとは異なった。

「ヒューマン族に見えるが、お前たちは何者だ」

　男性のひとりが私たちに話しかけてきた。

「私たちは宝石神殿に住んでいる者よ。ムジェの森を散歩していたら、シストメアちゃんの気配を感じて来たのよ」

「お嬢様が話していたメイアなのか」

「彼女がメイアで間違いない」

　馬車のほうから聞こえた声は、ダイジェイトさんのものだった。この場所では宝石神殿の関係者だと証明できないから、知っている人物に会えたのはうれしい。

「ダイジェイトさん、お久しぶり。今日はどのような用事？」

「詳しい話は宝石神殿でかまわないか」

「それで平気よ」

　馬車の横をダイジェイトさんと一緒に歩き出した。今回はシストメアちゃん以外に彼女のおじい様とおばあ様がいるみたい。だから2台の馬車で護衛も多いと教えてくれた。全員で２０名程度の規模だった。

　魔物と出会わずに宝石神殿へ到着できた。馬車からシストメアちゃんが降りてくる。

「メイア、会いたかったです。元気にしていましたか」

「みんな元気だったよ。シストメアちゃんは無事に目的を果たせたの？」

「修理したジュエリーを非常に喜んでくれました。今回は祖父母をつれてきました」

もうひとつの馬車から年老いた男女が降りてきた。シストメアちゃんが祖父母だと教えてくれる。身なりや姿勢もよくて威厳と優雅さのある貴族に見えた。

「がんばって修理してよかった。でも体調がすぐれないと聞いたけれど、宝石神殿へ来て平気だったの？」

祖母の体調がよくないと聞いていた。

「宝石神殿は自然豊かでのどかな場所と話したら、体や気分転換によさそうなので宝石神殿に向かってはどうかとなりました。しばらく滞在しても平気ですか」

「もちろん大歓迎よ。何もないところだけれど、ゆっくりしていってね」

人数が多いので宝石神殿の3階にはシストメアちゃんたち貴族や使用人、2階には護衛たちに泊まってもらう手はずとなった。

シストメアちゃんの視線が下がった。コパリュスとムーンを交互に見ている。

「コパリュスちゃんのブローチとムーンのネックレスはメイアの作品ですか。宝石を引き立てるデザインがみごとです」

「アイオライトとムーンストーンの加工ができるようになったから、普段のお礼にコパリュスとムーンへ作ったのよ。地金のミスリルもよい味を出していると思う」

「メイアの気持ちが伝わる、すてきなジュエリーです。もしよろしければ、いつか私にも作ってくれませんか」

シストメアちゃんが私の手をとった。何気ない仕草もかわいくて、少し年が離れた妹みたい。私の中で答えは決まっていた。

「もちろんよ。好きな宝石と地金を教えてね。デザインの希望はある？」

「考えておきます」

シストメアちゃんと約束した。

「お嬢様、準備が整いました」

ガットーネさんが声をかけてきた。馬車からの荷下ろしが終わったみたい。

宝石神殿の3階へシストメアちゃんたちを案内した。部屋にはシストメアちゃん、おじい様とおばあ様、ダイジェイトさんともうひとり護衛の人物がいる。私の横にはムーンがいて、コパリュスには使用人たちへの対応をお願いした。

＊

シストメアちゃんとおじい様とおばあ様のいる前に歩いていく。

「私が宝石神殿の管理者でメイアです。となりがフェンリルのムーンで、もうひとりの少女がコパリュスです。ムジェの森以外を知らないので、言葉使いでおかしな部分があるかも知れません」

「シストメアから聞いている。普段の言葉使いで平気だ。私がシンリト・ラコールで、領地は息子に譲って王都で生活をしている。孫のシストメアが世話になったと聞いた」

いつも通りの話し方で問題ないみたいね。

「リンマルト・ラコールですわ。わたくしたちの思い出のジュエリーが直ってうれしいです。しばらく滞在しても平気かしら」

「遠くまで来てくれてうれしい。何もない場所だけれどゆっくり休んでいってね。宝石神殿の敷地内なら、どこでも安全だから安心よ」

テーブルを囲む形で座って、護衛の2人は後ろ側で立っていた。

あいさつをしたあとは修理したジュエリーから私の宝石スキルまで話題が広がった。

リンマルト様の体調は少し疲れているくらいにしか見えない。宝石神殿への移動許可が出ているくらいなので、大病ではなくて本当に王都の空気が合わないだけかも知れない。

「メイアの宝石もすごいけれど、料理の腕もすごいです。おじい様とおばあ様も満足するはずです」

シストメアちゃんがうれしそうに2人へ話す。数日泊まると聞いてから、どこかで料理を振る舞いたいと思っていた。旅の途中は質素な料理だったはずだから、今日は歓迎の意味も込めて私の料理でもてなしたい。

「今日の夕食は私のほうで準備してもいいかな。ただ、大人数分をひとりで作るのは難しいから、料理経験者がいれば手伝ってほしい」

「メイアの料理がまた食べられるとは楽しみです。2名の料理経験者がいますので手配します。小麦を持ってきましたが、あとで交換しますか？」

「ジュエリーを持ってくるから今から交換をお願いできる？」

オパール、ムーンストーン、アイオライトのジュエリーを用意して、シストメアちゃんたちに見せた。オパールにはゴールドとプラチナ、ムーンストーンとアイオライトにはミスリルの地金を使っている。宝石と地金はすべて強化済みだった。

今回はジュエリーの種類も豊富にそろえてある。オパリュス様へ奉納するために、いろいろな種類に挑戦した結果だった。

「このイヤリングは左右でデザインが異なるのですね。メイアのジュエリーは見ていて飽きません。裏表で地金の色が違っているのも楽しめます」

「両面がきれいなオパールを使ったから、気分で裏表どちらをつけても平気よ。シストメアちゃんの喜んでいる顔が見られて、ジュエリーを作ってよかった」

シンリト様とリンマルト様は話しながら、すべてのジュエリーを見ている。

５つ用意したジュエリーは小麦のほかにも、小麦粉や胡椒《こしょう》とも交換した。ジュエリーの合計金額のほうが高いみたいで、差額分は金貨で支払ってくれた。ほかにもジュエリーを見たいとのことだったので、明日以降も新作ができれば見せると約束した。


ジュエリーの交換が終わって、シストメアちゃんたちの案内はムーンに任せた。私は途中でコパリュスを見つけて、一緒に調理場へむかう。

「今日は新しい料理を作るから、コパリュスにも手伝ってほしい」

「もちろん喜んで手伝うの。コパは何を作るの？」

「前と同じでカラアゲを作ってほしい。お肉だけど、塩と薬草とすり下ろしたリンゴに、今回は胡椒も一緒にお願い。パン粉の代わりに小麦粉を使ってね」

「前よりもおいしく作るの」

調理場で準備をしていると、中年の男女２人が小麦粉や胡椒を持ってきた。男性はルーパさん、女性はリテさんで夫婦だった。

「自分たちは何を手伝いましょうか」

ルーパさんが聞いてきた。

「ルーパさんはサツマイモと一緒に置いてある食材を輪切りにしてほしい。もうひとつの山にある食材もお願いしたいけど、細長い形に切ってほしいから手本を見せるね。リテさんには、別の料理をお願いしたい」

サツマイモを輪切りにしてニンジンやキノコは細切りにする。量や使い道を説明するとルーパさんは頷《うなず》いてくれた。リテさんにはシンリト様とリンマルト様の好物を作ってもらう。食材は私のほうで用意した。

「私は食材を見てから料理を決めます」

リテさんが行動に移したのを確認すると、私も料理を作り始めた。椿油《つばきあぶら》を熱してから、小麦粉と卵を混ぜて衣を作る。

「メイアは何を作っているの？」

コパリュスが料理をしながら聞いてきた。

「いろいろな食材を楽しめる揚げ物よ」

「早く食べてみたいから、コパも料理をがんばるの」

コパリュスと手伝いの2人が順調に作っているのを確認して、私も料理に集中した。

椿油が適温になり食材も切り終わって準備が整った。山菜はそのままの形で衣につけてから椿油に入れると、食欲をそそる音が耳の中に弾《はじ》ける。テンプラは作る過程も料理として楽しめるから、いつかは目の前で作る姿を振る舞いたい。

山菜の次は輪切りの食材に移って、最後に細切りの食材を使う。私の料理が終わるころには、コパリュスのカラアゲとほかの料理も完成していた。

シストメアちゃんたちが宝石神殿の2階にある部屋へ集まった。

「おまたせ。宝石神殿で集めた食材を使った料理にしてみたの。お肉料理はカラアゲといってそのままで食べられる。小麦粉が表面についている料理はテンプラで、小皿の塩を少量つけて食べてね」

料理を手伝ってくれた2人にも聞いたけれど、醤油《しょうゆ》みたいな調味料はなかった。いつかは探して使いたい。みんなが食べ始めるのを見てから私も席についた。

コパリュスはテンプラから食べている。頬《ほお》を膨らませながら、おいしそうに食べる姿を見られてうれしかった。

目の前にいるシストメアちゃんもテンプラから口に入れた。食べ方にも上品さがあって、さすがは貴族という感じだった。視線が合うと笑みを浮かべてくれた。

「初めての食感ですが、とてもおいしいです。お肉料理はお肉の香ばしさが食欲をそそって、なにより護衛たちが喜びそうです」

「気に入ってもらえてうれしい」

「これらの料理は何処《どこ》で知ったのですか」

シストメアちゃんの質問に、元の世界にある料理とは答えられない。

「メイアが考えた宝石神殿料理なの」

コパリュスだった。単純な名前だけれど料理と名前があっていて、シストメアちゃんも納得して頷く。部屋全体に宝石神殿料理の名が広まった。

＊

シストメアちゃんたちが来た翌日の朝。2回目の鐘がなったあとに宝石神殿の1階へ移動すると、オパリュス様の像がある手前にシストメアちゃんがいる。たしか前回きたときもお祈りをしていた。

私も横へ移動してオパリュス様にお祈りをする。お祈りが終わって目を開けると、横でシストメアちゃんが待っていた。

「この前もお祈りをしてくれたよね」

「ジュエリーが直ってメイアとも出会えました。宝石神殿もすてきな場所で、オパリュス様には感謝の言葉しかありません。今では毎日、お祈りをしています」

「気に入ってくれてうれしい。きっとオパリュス様も喜んでいるよ」

シストメアちゃんと視線があうと、普段と異なって真剣な表情だった。思い詰めているような感じで、声をかけるか迷っているとシストメアちゃんの口が開いた。

「コパリュスちゃんは、何者なんでしょうか？　コパリュスちゃんからはオパリュス様と同じ気配を感じます」

言葉を失ってしまった。トナタイザンさんは神獣だから、気配でコパリュスが誰だか分かるのは頷ける。商人のコルンジさんたちからは話すら出ていない。シストメアちゃんは何度もオパリュス様にお祈りをしていたから、勘が鋭くなったのかもしれない。

「きっと気のせいよ。宝石神殿内はオパリュス様の影響が大きいからね」

「私の勘違いでしょうか」

「その通りよ。それよりもシストメアちゃんに渡したいものがあったのよ」

突然の流れになったけれど、実際に渡したいものがあったのを思い出す。コパリュスの話題をそらせたのも助かった。

「どのような品物でしょうか」

「椿油なの。髪につけるときれいになっていくのよ。シストメアちゃんの髪は今でもきれいだけれど、もっとすてきになるはずよ」

「ぜひ試したいです」

シストメアちゃんの関心が変わったみたい。このままオパリュス様とコパリュスの関係を忘れてくれるとうれしい。

「椿油を取ってくるから、3階の部屋で待っていてね」

シストメアちゃんと別れて4階へ移動した。部屋に置いてあった椿油の瓶を、革の鞄《かばん》へ入れる。3階へ向かうときに、エメが目の前に出現した。エメは浮遊しながら私のほうを見ている。

「エメも一緒にシストメアちゃんのところへ行く？」

その場で回転してくれたので、一緒に3階へ向かった。ダイヤの紹介もまだしていなかったと思う。外に出たときにでもダイヤを呼んで、シストメアちゃんに会わせたい。

エメと一緒にシストメアちゃんのいる部屋に入った。

「精霊ですか？」

シストメアちゃんが驚いた表情で聞いてくる。

「風の中位精霊で名前はエメよ。土の中位精霊のダイヤもいるから、あとで紹介するね」

「初めて見ました。メイアに懐いていますが、メイアが召喚したのですか」

「私にそのような能力はないわ。宝石神殿に住んでいる精霊なのよ。エメはところかまわずに出現するから、気まぐれな性格だと思う。ダイヤは真面目《まじめ》な感じね」

「祖父母にも紹介できますか」

「もちろんよ。ただ無闇には呼べないから時間と場所は相談させてね」

「その程度なら平気です。きっと祖父母も喜びます」

　エメが部屋の中を浮遊して移動すると、シストメアちゃんの視線がエメの姿を追っている。しばらくの間はエメの観賞会となった。

「エメをずっと眺めていたいけれど、もうすぐ朝食の時間になると思う。その前に頭髪用の椿油のを説明してもいい？」

　シストメアちゃんを浴室につれて行って、使用方法や使う量を説明した。

　元の世界のお風呂状況とはかなり異なるみたい。貴族でも毎日お風呂に入るのは珍しいほうで、貴族以外は湯船につかる習慣もあまりないと話してくれた。そのためか椿油の利用方法と効果に驚いている。シストメアちゃんに頭髪用の椿油を贈ると、とても喜んでくれた。


　朝食時にシンリト様とリンマルト様へあいさつすると、旅の疲れもあるから今日１日はみんなを休ませたいとの話だった。明日は宝石神殿を案内してほしいと頼まれたので、快く引き受ける。シストメアちゃんたちへの対応は、コパリュスが申し出てくれた。

　食事のあとは、ムーンと一緒に地下２階へ行って採掘を始めた。

「メイア様、連続でエメラルドが採れています。レベルが上がったと思います」

「教えてくれてありがとう。夢中で採掘していたから見逃していたみたい」

採掘された鉱物を見るとエメラルドのほかに、ガーネットとアメシストもいっぱい採掘されている。全部がレベル7だったはず。ムーンと一緒に5階へ移動した。

　石のテーブルに手をかざすと、スキルのレベルが表示された。

「おめでとうございます。宝石採掘スキルが一流と言われるレベル7です」

「ムーン、ありがとう。これで高級ジュエリー用の宝石が確保できるね。宝石加工スキルはレベル6だけれど、レベル7になったら高級ジュエリーを作りたい」

「メイア様が作れば、誰もがほしがるジュエリーになります」

「シストメアちゃんも喜んでくれるかな？」

「もちろん、喜ぶと思います」

「シストメアちゃんが喜んで、宝石神殿にもすてきなジュエリーが奉納できる。ますます楽しみが増えるね」

　レベルの確認が終わってコパリュスに報告すると、コパリュスもレベルアップを喜んでくれた。

＊

翌日の朝食後にシンリト様とリンマルト様をつれて果樹園へむかう。コパリュスとムーンが一緒に来てくれて、椿を植えた場所に到着した。

「自然が豊かで空気がとてもきれいですわ」

リンマルト様が両手を広げて深呼吸する。

「リンマルト様は、体調がすぐれないと聞いていたけれど平気？」

「宝石神殿に来てから体が軽いです。女神の加護かしら」

「それもあるけれど精霊の影響も大きいと思う。エメ、姿を見せて」

声に反応してエメが姿を現して、浮遊しながら回転して私の近くで止まった。

「シストメアが話していた精霊か」

シンリト様だった。

「風の中位精霊よ、エメは周囲に心地よい風を届けてくれる。清々しい気持ちになる以外にも病気にならなくなるみたい」

コパリュスに聞いた内容をそのまま話した。

「そのようなことが可能なのか」

シンリト様が興味のあるといった視線を私にむけた。

「宝石神殿の敷地内ならね。エメ、周囲の空気をよくして」

エメはその場で回転したあとに、私たちの周囲を踊るように飛んだ。精霊の証である銀色の粒子が華やかに舞う。私には見慣れてきた光景だけれど、シンリト様とリンマルト様には珍しかったみたい。ずっとエメの姿を追っている。

「いつまでも滞在したい気分ですわ」

「それほど気に入ったのか」

「遠出をしてきた甲斐《かい》があったかしら」

「私もよい場所だと思っている」

視線はエメを追っているのに２人の会話は成立している。宝石神殿に来た初日から２人の姿を見ているけれど、仲のよい夫婦とわかった。

「次は土の精霊を呼ぶね。ダイヤ、土を豊かにして」

２人の会話が途切れたときにダイヤを呼んだ。ダイヤはいつものようにお辞儀をしてから、果樹園の土へむかう。ダイヤが触れた土は銀色の粒子でかがやいた。

「料理がおいしいのは、土の精霊がいるからかしら」

「そうね。私だけでは食材を育てられなかったから、ダイヤのおかげよ」

リンマルト様の質問に答えた。

「メイアの料理を作る腕もすごいの。コパは毎日の食事が楽しみ」

「わたくしも同じです。メイア様の料理は心がこもっています」

「コパリュスもムーンもありがとう」

うれしくなってコパリュスの頭をなでた。ムーンが体をすり寄せてきたので、モフモフとフサフサの毛並みをなでてあげる。私のやすらぐ空間だった。

「仲がよろしくて、うらやましいですわ。この場所なら楽しく過ごせそうです」

リンマルト様の言葉に頷いてから、シンリト様が私のほうへ顔をむけた。

「宝石神殿の環境が気に入った。メイアさえよければ、私たちを宝石神殿へ住まわせてくれないだろうか。許可をもらえるのなら、可能な限りの要望を叶《かな》えよう」

一瞬、意味を考えた。すでに滞在してもらっている。

「ずっと宝石神殿に住みたいということ？」

「少なくとも月単位で住みたい。私たちの身の回りについては、何名かの使用人を残すから心配は不要だ」

たしか1か月は３０日で1年は３６０日だった。視線をコパリュスにむける。私が宝石神殿の管理者といっても、勝手に決めてよいのか迷った。

「部屋はいっぱい空いているから、メイアの好きでかまわないの」

コパリュスは私に一任してくれた。シストメアちゃんのおじい様とおばあ様だから、身元はしっかりしている。それに彼らの使用人が優秀なのは一緒に過ごしてわかった。問題はないけれど理由を聞きたかった。

「住んでもらうことは可能だけれど理由を教えてほしい」

シンリト様がリンマルト様へ視線をむけた。

「わたくしの体調がよくなってきたからですわ。こちらでは空気のおかげか呼吸も楽ですし、王都では考えられないくらい寝起きの体調がよかったです。これで回答になっているかしら」

それほどまでに宝石神殿の環境がよかったみたい。断る理由はなかった。

「ありがとう。そういう理由なら大歓迎よ。詳細は話し合うとして、できれば畑と果樹園を手伝ってくれるとうれしい。もちろん収穫した食材は使ってもらって平気よ」

「その内容で大丈夫だ」

シンリト様が答えてくれた。


宝石神殿の2階に移動して詳細を話し合った。

なんでもシストメアちゃんから宝石神殿の環境について話を聞いた段階から、長期滞在を検討していたみたいで、服や荷物はある程度を準備してきていると話してくれた。

食材や居住の対価は、金貨何枚かと畑や果樹園を手伝ってもらうことを条件にした。宝石神殿の敷地内へ魔物は入ってこれなくて、ムジェの森へ行くにはコパリュスとムーンがいれば充分安全だと説明した。シンリト様とリンマルト様のほかに、使用人は6名が残るだけとなった。

また精霊の存在は、宝石神殿へ残る使用人に周知してもらえる。

２日後、シストメアちゃんたちは王都ドリペットへ戻る準備を始めていた。

「また来てね。いつでも歓迎する」

「近いうちに来ます。ところで私にジュエリーを作ってくださる約束は、まだ生きていますか？」

「もちろんよ。好きな宝石や地金、デザインがあれば言ってね。もう少しがんばればレベル７の宝石が加工できると思う」

「楽しみです。半年後に１５歳になって社交界デビューとなります。そのときのパーティーでつけるジュエリーをメイアにお願いしたいです」

「私で平気なの？」

思わず聞き返してしまった。初めての社交界パーティーは、重要な場であることは私でもわかる。そのときに使うジュエリーも重要に違いない。

「メイアだからお願いしたいのです。メイアのジュエリーはすてきで、どの宝石加工職人にも負けません。両親は私が説得します」

シストメアちゃんに頼まれて断る理由はなかった。

「快く引き受けるね。それまでに宝石加工スキルを上げておく」

「うれしいです。次回来る楽しみが増えました」

翌日、シストメアちゃんたちが宝石神殿をあとにした。

シストメアちゃんたちが去って数日後の日中、コパリュスとムーンをつれて宝石神殿の5階で、ジュエリーの奉納を終えると部屋全体に光が充満する。宝石神殿がレベル6に上がった。

# 宝石神殿レベル

# 6

「今回は何が変化したかわかる？」

宝石神殿の5階でコパリュスに聞いた。宝石神殿がレベル6になって機能が向上しているはず。ダイヤとエメ以外の精霊は出現していなかった。

「念のために確認したいから少し待ってほしいの」

コパリュスが移動して近くにある石のテーブルへ手をのせた。画面に宝石神殿の情報が表示されると、敷地内の一部で状態をあらわす色が変化している。

「今回は宿屋と浴場が改善されたみたいね」

宿屋と浴場が緑色に変化して、厩舎《きゆうしや》と荷物置き場は黄色のままだった。このまま順調にレベルが上がれば、宝石神殿全体の状態が改善されると思う。

「コパは実際に改善された状態が見たいの」

「宝石神殿内のように充実していると思う。その前に私のレベルも確認させてね」

石のテーブルに手をのせた。

「メイア様、さすがです。すべての宝石スキルがレベル7です。堂々と一流職人と名乗れるレベルです。おめでとうございます」

「メイアのレベルが上がってうれしいの。宝石神殿も見違えるほどきれいになって、交流も増えて賑《にぎ》やかなの」

ダイヤはお辞儀を、エメは私の周りで回転してくれた。喜んでいるみたい。

「ありがとう。毎日が楽しくて宝石神殿で過ごせてよかった。早くエメラルドやガーネット、アメシストのジュエリーをたくさん作りたい。でもその前に宿屋と浴場よね」

コパリュスとムーンをつれて１階へ移動した。

エメは私の肩付近で浮遊しながら一緒についてきてくれた。２階で両手に食材を抱えている使用人のリテさんと出会った。夕食で使う食材かもしれない。

「メイアさん、倉庫の温度管理はすごいです。食材が新鮮です」

リテさんがうれしそうに声をかけてきた。

宝石神殿に残った使用人は、料理を手伝ってくれたルーパさんにリテさんを含めた男女６人だった。全員がヒューマン族で、ルーパさんとリテさんは料理や掃除などが主な仕事だった。

「劣化しにくいけれど腐るから、古い食材から使ってね」

「説明を受けたとおりに使います」

リテさんは会釈して調理場のほうへむかった。倉庫に入るには私の許可が必要だったため、食材を扱うルーパさんとリテさんに許可を与えた。

宝石神殿を出て宿屋と浴場の確認を始めた。

「充分すぎるほど、ゆったりできる部屋に改善されているね。調理場も機能が増えたから大勢が泊まっても対応できるみたい」

コルンジさんが取引を終えて寄ったら、前よりもくつろいでもらえそう。

「メイアが奉納をがんばってくれたからなの」

「大好きな宝石に囲まれて、宝石神殿に貢献できるのはうれしい。目標のレベル１０になれば、もっとすごい機能が追加されそう」

「いろいろと機能が充実するから、楽しみに待っていてほしいかな」

「ジュエリーの奉納をがんばるね」

「メイア様の新しいジュエリーが待ち遠しいです」

ムーンだった。フェンリルが宝石好きかは知らないけれど、少なくともムーンは私の宝石やジュエリーに興味を持ってくれた。

「一流職人の名に恥じないようなジュエリーを作るね」

宿屋を出て宝石神殿へ戻ろうとしたら、噴水前に人影が見えた。

現れたのはトナタイザンさんだった。コパリュスとムーンは気配でわかったと思うけれど、安心な相手なら私への事前報告はしないみたい。コパリュスとムーンを信頼しているから、それで平気だった。

「精霊が一緒とは珍しい。メイアになついている」

「エメという名前よ。土の精霊ダイヤと一緒に宝石神殿を豊かにしてくれる」

「いつの間にか宝石神殿が賑やかになった。散歩がてらに土産《みやげ》を持ってきた」

手渡されたのはウサギのお肉だった。トナタイザンさんはよく差し入れで食材を持ってきてくれる。私はまだ動物の解体ができないから、コパリュスかトナタイザンさんに解体をお願いしていた。革の鞄《かばん》から宝石箱を取り出してウサギのお肉をしまった。

「いつもありがとう。またカラアゲをご馳走《ちそう》するね」

「それは楽しみだ。もうすぐあの商人たちが到着する。メイアの望んだ米や食材、食材の種もあった。カラアゲ以外の料理も可能か」

「コルンジさんたちね。料理は食材を見てから決めるから、楽しみに待っていてね。コルンジさんが来ると知っているのは、散歩の途中で見つけたから？」

「商人たちがセファット王国へ向かうとき、散歩のついでにムジェの森の出口まで付き合った。帰りも宝石神殿に寄ると聞いたから、森の出口で待って途中まで一緒にきた」

トナタイザンさんは神獣ドラゴンだけれど私は怖さを感じない。逆にやさしいドラゴンの印象しかなかった。

しばらくするとコルンジさんたちが宝石神殿に現れた。私たちに手を振ってくれて、みんなの元気な姿にほっとした。

＊

コルンジさんたちを宿屋へ案内した。

「改装されたのですか、きれいになっています」

「機能が強化された感じね。宿屋は自由に使ってかまわないから、2階で少し話をさせてほしい。頼んでいた食材についても聞きたい」

「また利用させてもらいます。ムジェの森では魔物とあまり遭遇せず、宝石神殿で休むこともでき、今回の旅は順調しすぎて怖いくらいです」

「無闇な争いがなくてよかったね」

直接は聞いていないけれど、トナタイザンさんが見守ってくれたのだと思った。

「毎回この状態なら宝石神殿へ来やすいです」

コルンジさんがほかの人へ指示を出すと、箱をひとつ持ってきた。コルンジさんは箱を持って私たちと一緒に2階へむかった。コパリュスとムーンが一緒で、トナタイザンさんは1階でくつろぐみたい。

席に着くとコルンジさんが箱を開けたので、中を見せてもらった。

「食材や種、それに調味料もいっぱいね。これらの品物はジュエリーで交換が可能なの？」

「その通りです。これ以外にもメイア殿に頼まれた米や日用品もあります。ジュエリーとの物々交換になると思いますが、ひとつ相談があります」

「高価な品物が多いの？」

「貴重な食材や種もありますが、そこまで高くはありません。実はスフェーンのジュエリーが売れなかったのです。交換はオパールやムーンストーンのほかに、貴族が喜ぶ高級宝石を使ったジュエリーなどでお願いできますでしょうか」

スフェーンが気になったけれど、私が作れるジュエリーで交換ができてよかった。

「宝石関連スキルがすべてレベル7になったのよ。エメラルドやガーネットのジュエリーを作れば平気？　地金はミスリルまでなら問題なく使える」

「それでしたら大丈夫です。メイア殿のジュエリーは品質が高いので、できれば多めに購入したいです」

「少し時間をもらえれば数はそろえられると思う。ひとつ教えてほしいのは、スフェーンのジュエリーが売れなかった理由ね。ジュエリーに問題があれば直したい」

ジュエリーで商売をする訳ではないけれど理由が気になった。一流職人の肩書きもあるけれど、オパリュス様に奉納しているジュエリーでもある。できるだけ喜ばれるジュエリーを奉納したい。

「ジュエリーに欠点はありません。きれいな宝石ですが知名度が低すぎました。あとは好みの問題です。セファット王国の貴族たちは好みではなかったようです。ジュエリーは高品質でていねいな仕上がりでしたので、その点は商人として保証します」

ジュエリーは問題なくて好みなら仕方がない。

「コパはスフェーンのジュエリーも気に入っているの。だから平気なの」

私の心配を予想したのか、うれしい言葉をかけてくれた。

「コパリュスの好みなら作ってよかった。コルンジさん、スフェーンをほめてくれてありがとう。売れなかった理由も知れてよかった。スフェーンのジュエリーはコルンジさんに預けるから、もし興味のある人がいたら教えてくれる？」

珍しい宝石、レアストーンが好きな人はきっといるはず。

「知り合いに聞いてみますが、あまり期待はしないでください」

「気長に待っているから大丈夫よ。スフェーンも決まったから、交換を始めましょう」

最初にオパールのジュエリーを求められた。以前渡した3個が人気だったみたいで、今後も数がほしいみたい。ジュエリーの元手はただ同然で少し罪悪感はあるけれど、ジュエリーの価値は下げたくないから適正価格で交渉した。オパールのジュエリーは手持ちの5個を渡して、金貨１００枚で買い取ってもらう。

私のほうの購入品は米や日用品のほかに、トマト、キャベツ、タマネギの野菜自体と種だった。米や野菜の種は田んぼや畑に植える。調味料である砂糖、塩、胡椒《こしょう》なども購入して、今後も定期的に持ってきてもらう約束をした。トマトケチャップも作れるから料理の幅も広がりそうだ。

予定の取引が終わった。

「今後もジュエリーを買い取らせて頂くことは可能でしょうか」

コルンジさんが聞いてきた。

「大量生産は無理だけれど少しずつなら平気よ。卵やミルクもほしいから、家畜もお願いするかも知れない」

「ニワトリやヤギなら可能だと思います。ただ高価になりますので高級ジュエリーがあると助かります。メイア殿の品質なら貴族が喜んで買ってくれます」

「ジュエリーの数はどのくらい必要？」

「高級ジュエリーを5個、できれば１０個はほしいです。滞在を許して頂ければ、少しの期間待つことも可能です」

ムジェの森を何度も往復するのは大変だと思う。コパリュスに視線を向けると頷《うなず》いてくれた。私の判断に任せてくれるみたい。

「何日かあれば作れると思う。デザインは私の好きな感じで平気？」

「ジュエリーの種類とデザインはメイア殿に任せます。こちらからの希望は、宝石がエメラルドかガーネットで地金がミスリルであることです。どちらも強化されていれば助かります」

「その内容で１０個くらい作るから、完成までこの宿屋を使ってほしい。新鮮な食材もあるから使って平気よ。食材は倉庫に保管していて中に入るには私の許可が必要なのよ。知っているガルナモイトさんとマクアアンリさんに許可を出したい」

私からの希望を提案した。

「その2人で大丈夫です。メイア殿の元へ向かうように伝えておきます」

「あと宝石神殿には私たち以外も住んでいるから、このあと紹介するね」


スークパル王国のラコール伯爵家の者とコルンジさんに話すと、コルンジさんはすぐにあいさつしたいと言ってきた。コルンジさんの情報では良心的な貴族みたい。

コルンジさんをつれて宝石神殿の3階へ向かった。シンリト様とリンマルト様がいたので、その場で顔合わせをおこなった。面識はなかったみたいだけれど、お互いに相手のことは知っていたみたい。

簡単なあいさつが終わるとコルンジさんは宿屋に戻った。シンリト様とリンマルト様からコルンジさんの噂《うわさ》を聞くと、中規模クラスの商人で悪い噂はないみたい。商隊が数日くらい宿屋に泊まる理由も説明した。

＊

翌日、3回目の鐘がなったあとに宝石神殿の地下1階へきた。ムーンのほかにトナタイザンさんがいる。以前ジュエリー加工を見たいと話していたので誘った。

「最初はルース作りから始めるけれど、それでもかまわない？」

「メイアの好きなように進めて大丈夫だ。わしのことは気にせずに宝石やジュエリーを作ってくれ。邪魔をしないように見学する」

「じゃあ、エメラルドからルースを作るね」

昨日までに採掘して保管しておいた鉱物を取り出した。その中からエメラルドとガーネットを選別する。宝石鑑定スキルがあるので、間違いなく選別できるのは助かる。

エメラルドは有名なエメラルドカットを目指して研磨を始める。宝石加工スキルや道具にも慣れてきて、意図通りにルースを加工できた。

トラピッチェと呼ばれる6方向に黒い線が延びるルースも作れた。好みのわかれるルースだから、ネックレスにして奉納するのがよさそう。

顔を上げるとムーンが近くにいた。

「メイア様、4回目の鐘がなりました。気づきませんでしたか」

「集中していたからわからなかったみたい。もうお昼よね。コパリュスがお腹《なか》を空《す》かせていそうだから、すぐに昼食の準備を始めるね」

「みごとな加工だった。ジュエリーの完成が楽しみだ」

トナタイザンさんがうれしい感想を述べてくれた。

「ルースがそろってからジュエリーを作るから、今日は完成までは無理だと思う。ジュエリー加工を見せるのは明日以降でも平気？」

「いつでもかまわない。頼み事があれば畑仕事でも手伝える」

「力仕事ではいつも助かっているから、一緒にお昼を食べてほしい」

トナタイザンさんも私の料理を気に入ってくれていた。

「遠慮なく頂こう」

後片付けをしてから4階へ移動する。4階は私たちの生活拠点なので、誰かを招くことはなかった。でもトナタイザンさんは身元がはっきりしていて、オパリュス様とも面識があるので安心していた。

「宿屋の手伝いはもう必要ないかな。それよりもコパはお腹が空いたの」

4階に上がるとコパリュスが出迎えてくれた。かわいらしい顔で覗《のぞ》き込《こ》んでくる。コパリュスには商隊への対応をお願いしている。

「宝石加工に夢中でお昼の時間を過ぎたけれど、これから昼食を作るね」

「お米を使った料理なの？」

「時間がかかるから、お米料理は夕食ね。昼食は昨日購入した食材を使う予定よ。トナタイザンさんはムーンと一緒に部屋で待っていてね」

コパリュスと一緒に調理場へ行くと食材を取り出した。コパリュスにはパンを薄切りにしてもらって、私は干《ほ》し肉《にく》や野菜をひとくちサイズに切る。

「パンが切り終わったの」

「私が切った具材をパンの上にまんべんなくのせてね」

パンの生地が見えないくらいに具材をのせた。干し肉と野菜をのせ終わると、最後にチーズを振りかける。火の魔石具で温度を調整して、チーズがこんがりとするまでパンを焼いた。最後に胡椒を振りかける。

「香ばしい匂いがするの。野菜が色とりどりできれいなの」

「完成よ。飲み物と一緒に運ぼうね」

コパリュスと一緒に全員の前へ料理と飲み物を運んだ。

「何という料理だ？」

料理を覗き込みながらトナタイザンさんが聞く。

「ピザトーストよ。パンにのせる具材を変えれば、いろいろな味付けが可能ね。濃厚でおいしいから温かいうちに食べてね」

みんなが食べ出したのを見てから、私もピザトーストを口に入れた。食材や調味料が増えた影響もあって純粋においしかった。

「とろとろとこんがり両方の食感が楽しめます。何枚も食べられるおいしさです」

ムーンも器用に食べてくれた。

「お肉がおいしいの。違う具材でも食べてみたい」

「メイアの料理には驚くばかりだ。今までにない食材の使い方をしているが、味が伴っていてすごくおいしい」

ほめてくれる言葉もうれしいけれど、みんなの笑顔が私へのご褒美だった。

楽しい食事の時間が終わると、夕食前までルース加工を続けた。


何日かかけて予定数のジュエリーが完成した。宝石神殿への奉納品も一緒に作ったので、コパリュスとムーンと一緒に宝石神殿の５階へきている。ダイヤとエメが私たちを出迎えてくれたと思ったら、エメは私の肩付近で飛び回った。

「珍しいトラピッチェのエメラルドがあったから、ムーンストーンとあわせたネックレスを作ったのよ。地金はプラチナで落ち着いた雰囲気にした」

エメラルドとムーンストーンを交互に配置している。貴族向けではなくて、個人的に作りたかったジュエリーだった。ガーネットのネックレスも、私の好みでいろいろな色と大きさを適当に並べて作った。

「コパは色鮮やかなガーネットのネックレスが気に入ったの」

「ムーンストーンのかがやきが、エメラルドを引き立てています」

コパリュスもムーンもジュエリーを喜んでくれた。

「私の好みで作ったけれど、2人が喜んでくれてうれしい。さっそく奉納するね」

コルンジさんへ渡すジュエリー以外の、いくつかのジュエリーを奉納に回した。10個以上のジュエリーを奉納台に置くと、淡い光とともにジュエリーが消えた。

「順調にレベルアップが近づいているの。メイアのスキルも順調？」

「確認してみるね」

部屋の右側に移動して石のテーブルに手をのせると、私の状態が表示された。

「メイア様、宝石採掘スキルと宝石加工スキルが上がっています」

「両方ともレベル8ね。たくさん作ったから上がるのが早かったみたい」

「何の宝石が作れるようになるの？」

コパリュスが聞いてきたので、宝石箱から宝石図鑑を取り出す。レベル8で鑑定が終わっている宝石の頁《ページ》を開いた。

「今わかる宝石はトパーズとスピネルよ。地金ではオリハルコンが使える。オリハルコンは赤色で、表面が炎のように揺らめくのね。加工に必要なのはミスリルと同じ精霊の炎だから、オリハルコンをたくさん集めて挑戦してみる」

「完成するジュエリーが楽しみなの」

予想外のレベルアップだったけれど、これでシストメアちゃんへのジュエリー作りにも目処《めど》が立った。コパリュスとムーン、ダイヤとエメを含めて、温かい空間とうれしい時間をみんなで共有した。

*

宿屋の２階にいるコルンジさんへ会いにきた。コパリュスとムーンも一緒にいる。

「エメラルドとガーネットともに、２種類のジュエリーを各３個ずつ用意したよ」

「合計１２個ということですね。ぜひ実物を見せてください」

「まずはリングとペンダントトップのエメラルドジュエリーよ」

大粒のエメラルドカットを使った正統派のリングだった。ペンダントトップは中央が楕《だ》円形《えんけい》のオーバルカットを使い、周囲に小粒のムーンストーンを配置した。どちらも地金はミスリルを使っている。

コルンジさんの目つきがかわって、商人の顔つきになったと思う。表側だけではなくて裏側も念入りに確認している。ところどころで頷いていた。

「すばらしいです。ガーネットのジュエリーも見せてもらっても？」

「こちらがガーネットで作った、リングとブローチのジュエリーよ。エメラルドのジュエリーも含めて、すべて宝石と地金は強化してある」

ラグビーボールの形を思わせるマーキスカットを使ったリングは花びらのデザインにした。ブローチは地金で枝と葉っぱを作って、つぼみを色とりどりなルースで飾った。

先ほどと同様にコルンジさんが隅々まで確認していた。

「念のために鑑定してもかまいませんか」

視線を上げて聞いてきた。

「平気よ。コルンジさんも鑑定スキルがあるの？」

「汎用《はんよう》の鑑定スキルはありますが、高価な品物は専用の魔石具を使います」

鞄から底が深い皿のような装置を取り出した。両手にのるくらいの大きさで、皿の下には小さな箱がついている。

「この装置が鑑定スキルの代わり？」

「その通りです。詳しい仕組みは不明ですが、下側の箱に魔石が入っています。高価な品物ですが商売には欠かせません」

偽物を購入すれば、お金だけではなくて信用にもかかわる。相当高価な魔石具だと思うけれど、総合的に見れば安いのかも知れない。

「魔石具はいろいろな種類があるのね」

コルンジさんはひとつのジュエリーを中央にのせて、下側の箱に手を当てた。ジュエリーの周辺が一瞬だけ明るくなる。コルンジさんは1点を見つめていた。私には見えないけれど鑑定結果を読んでいるみたい。


すべてのジュエリーで鑑定が終わって、コルンジさんの視線が私にむいた。

「すべて高品質の高級ジュエリーで、宝石や地金もうかがった通りの内容です。メイア殿のジュエリーはすばらしい。この品質なら問題はありませんので、すべて買い取らせて頂きます」

「喜んでくれてうれしい。まずはコルンジさんの希望価格を教えてほしい」

値段の話し合いを始める。最終的にオパールジュエリーの2倍以上にあたる価格で、1個のジュエリーを買い取ってもらった。思った以上に金貨が増えた。次に来るときには家畜のほかに馬車もお願いした。この世界を旅するときに使いたい。

「レッキュート連合国に来る機会があれば、ぜひわたしの店にお寄りください。今度はわたしたちが、おいしい料理などで歓迎します」

「それは楽しみね。宝石神殿の仕事に区切りがついたら旅行もよいかもしれない。もちろんコパリュスとムーンも一緒よ。ほかの人が作ったジュエリーも見てみたい」

「コパはいつでもメイアとムーちゃんと一緒なの。留守中の宝石神殿はトナタイザンに任せれば大丈夫かな」

トナタイザンさんは見た目こそ何処《どこ》にでもいる元気な老人だけれど、真の姿は神獣ドラゴンだった。そういえば、コパリュスはオパリュス様の分身で、ムーンも幻獣フェンリルだし、精霊もいるから宝石神殿はすごい場所なのかも知れない。

「トナタイザンさんなら、畑や果樹園も頼めるから安心ね」

「メイア様との旅行が楽しみです」

「みんなで一緒に行こうね」

コルンジさんがレッキュート連合国や周辺国の名所を教えてくれた。さすが商人だけあって情報量が多い。忘れずにおすすめの宝石店も聞いた。宝石神殿がレベル１０になったら、周辺国へ旅に出るのも楽しいかもしれない。

*

コルンジさんとの商談が終わって宿屋の1階に降りた。私を待っていたのか、ガルナモイトさんとマクアアンリさんが近寄ってきた。うしろにいるのはトアイライオさんとスズリピララさんで、４人で一緒に活動している冒険者たちだった。

「メイアちゃん、少し時間はあるかい。相談事があるのさ」

　マクアアンリさんが声をかけてきた。

「私は平気よ。場所は変えたほうがよさそう？」

「できれば誰もいない場所がうれしいさ。何処かあるかい？」

　宝石神殿内や宿屋は部屋が空いていないと思うので果樹園にむかう。椿《つばき》の木がある場所は、建物から離れているので都合がよかった。

「この場所なら平気ね。それで私に何の相談事があるの？」

「宝石神殿に貴族が住んでいると聞いたのさ。あたいらも宝石神殿に住まわせてもらうことは可能かい？」

　思いもよらない内容だった。

「マクアアンリさんが宝石神殿に住みたいの？」

「あたいら４人さ。目的はそれぞれ違うけれど、全員ここに住みたいとの結論だよ」

「よければ理由を教えてもらえる？」

　私が許可を出せばコパリュスもムーンも反対はしない。マクアアンリさんたちは悪い人ではないと思うけれど、理由も知らずに認めたくはなかった。

「畑を耕したい」

ガルナモイトさんだった。短い言葉だけれど意気込みが伝わってくる。

「あたいが補足するよ。あたいと夫のガルナモイトは、年齢的に冒険者を引退しようと考えていたのさ。宝石神殿に出会って、ここで農業をしながら暮らすのもよいと思った。もちろん、メイアちゃんたちと一緒にいるのも楽しい」

「この前に畑でもらった指摘は役に立っているから、農業経験者が一緒にいてくれればうれしい。トアイライオさんとスズリピララさんの理由も聞いていい？」

目的はそれぞれ違うと聞いたので、別の理由があると思った。

「僕は2人が新米のときからのパーティー仲間です。宝石神殿でゆっくりしたいのであれば、一緒に付き合おうと思いました。それにここは精霊の影響が強いので、故郷の森にいるようで心地よいです」

トアイライオさんはエルフ族で、元の世界での物語と同様に長寿の種族だから、ひとときを過ごす感覚なのかもしれない。それに精霊が好きなら、ダイヤとエメと仲良くなってくれればうれしい。

「うちは食べ物にゃ。各地の珍しい料理を食べられるから冒険者になったにゃ。宝石神殿に住めば、うちの知らない料理が食べられるにゃ」

入手できる食材は限られてしまうけれど、元の世界の料理に興味を持ってくれてうれしかった。できるだけ宝石神殿料理を堪能《たんのう》してほしい。視線をコパリュスにむけた。

「メイアに任せるの」

「あたいら全員が熟練以上の冒険者レベルだよ。宝石神殿に盗賊が来ても、あたいらならたいていは退治できる。トアイライオは精霊魔法、あたいは回復魔法が得意だよ。もちろん滞在費用は労働でも金貨でも可能さ」

冒険者なら庶民の感覚もあるから、旅の商人や冒険者が来ても対応してもらえる。

「宿屋でよければ住んでもらって平気よ。農作業と外部から人が来たときに対応してもらえるとうれしい。これからもよろしくね」

「メイアちゃん、ありがとう。あたいらに期待しておくれよ」

基本的な内容について話し合って、４人には宝石神殿の2階と3階に入れる許可を与えた。のちほどシンリト様とリンマルト様に理由を説明する。倉庫の利用はガルナモイトさんとマクアアンリさんだけで平気みたい。

ガルナモイトさんたちは護衛の仕事が残っているのでレッキュート連合国にいったんむかう。荷物などをまとめたあとに宝石神殿へ戻ってくる手はずになった。その日の夜にシンリト様とリンマルト様に会って、冒険者４人が住むことを話したら歓迎してくれた。

翌日、コルンジさんやガルナモイトさんたちが宝石神殿をあとにする。

ガルナモイトさんたちが戻ってくるまでの間は、今までと変わりなく過ごした。採掘や加工を繰り返しながら、奉納用とコルンジさん用のジュエリーを作る。畑や果樹園もダイヤやエメの力を借りながら成長させた。

２０日くらい過ぎたあとにガルナモイトさんたちが戻ってきた。その日は4人を歓迎するためと、顔合わせをかねて全員参加の食事会を開いた。はじめは貴族との同席に緊張していた4人だったけれど、シンリト様やリンマルト様の人柄にふれて打ち解けてくれたみたいだった。

農作業の主役は私からガルナモイトさんたちに移った。季節関係なく育つ野菜などにガルナモイトさんは驚きながらも、作業にあたってくれている。宝石に集中できる時間が増えたので、今まで以上に宝石やジュエリーが作れそうだった。

ガルナモイトさんたちも宝石神殿の生活に慣れてきたとある日の昼食後、コパリュスとムーンをつれて宝石神殿の5階にきた。トパーズとスピネルのジュエリーを奉納台に置くと、淡い光とともにジュエリーが消えた。

部屋全体に光が充満する。

「思ったよりも早く宝石神殿のレベルが上がったの。宝石神殿も賑やかになって、宝石を思う心が増えた影響もあるかな」

「うれしい誤算ね。私も奉納した甲斐《かい》があってうれしい」

奉納台の上空には活発的な小さな青年の姿がある。新しい精霊だった。

# 宝石神殿レベル

# 7

宝石神殿がレベル7になった。

「また精霊に会えてうれしい。今までが土と風の精霊だったから、今度は火か水の精霊？」

コパリュスに質問した。

「火の精霊なの。すてきな名前を考えてあげて」

世界4大宝石の残りはサファイアとルビーだった。当てはまるのは真《ま》っ赤《か》な炎を思わせるルビーしか考えられない。活発的な雰囲気にもあっている。

「名前はルビーよ。色鮮やかな赤色は炎の象徴でもあるよね」

青年の精霊が、空中に浮きながら飛び跳ねているように見えた。

「力強さのあるすてきな名前です」

「ルビーもうれしくて喜んでいるの」

みんなが名前に満足してくれて、ダイヤとエメもお辞儀や回転をしてくれた。

「ルビー、これから一緒に楽しく過ごそうね」

「賑《にぎ》やかになってうれしいの。コパは宝石神殿の情報を確認したいかな」

コパリュスが近くにある石のテーブルへ手をのせた。画面に宝石神殿の情報が表示されると、ルビー関連の機能が追加されている。

「宝石神殿の敷地内にある火の魔石具は、魔力の補充が不要になるのね。私では魔力補充ができなかったから助かる機能よ」

　シンリト様たちや、ガルナモイトさんたちに知らせれば喜んでくれそう。

「敷地内の火も安定するから火事などは起きないの」

「大切なものが燃えてなくなる心配がないのはありがたいわね。ダイヤやエメと違って、火の頼み事は少ないと思うのよ。どのようなときならルビーを呼んでも平気？」

　無闇には呼び出したくないけれど、いつでも精霊と仲よくしたかった。

「火を使うときなら喜ぶと思うの」

「料理や宝石加工で呼んでみるね。私も宝石スキルを確認したい」

　石のテーブルに手を置くと、宝石採掘スキルと宝石加工スキルがレベル8で、宝石鑑定スキルがレベル7だった。鑑定できない鉱物が少しあるから、早く宝石鑑定スキルもレベル8にしたい。

「メイア様が達人と呼ばれるのも、遠くないと思います」

　レベル9からが達人らしくて、関連する神の加護を持っている人も多いみたい。私は最初からオパリュス様の加護があったから、レベル9になればオパリュス様にも安心してもらえそう。

「レベルが上がるといろいろと試せるから楽しいよね。ダイヤモンドは幻の宝石みたいだから、代わりの宝石を考えていたのよ。レベル8になったから挑戦できる」

メレダイヤと呼ばれる小さいダイヤモンドの代わりを考えていて、宝石図鑑で宝石を眺めて候補を見つけた。

「どのような宝石ですか」

　ムーンが聞いてきた。

「言葉で説明するよりも実物を見せたいから、これから作っても平気？」

「わたくしは今からでもかまいません」

「コパも一緒に地下1階で加工を見たいの」


　コパリュスとムーンをつれて地下1階へむかった。エメが私の周りを飛びながら一緒についてくる。地下1階に行く途中で使用人と出会うと、使用人はエメへあいさつするほどに精霊の存在に慣れてきていた。

　地下1階に到着して準備を始める。宝石箱から鉱物を取り出すと、テーブルの上が山盛りになるほどの量だった。

「使用する宝石はトパーズで、それも無色透明なカラーレストパーズよ。これから加工するね」

「近くで見ています」

　ムーンがお座りの姿勢になり待機している。その横にはコパリュスもいる。宝石道具を手にとって研磨を開始する。通常よく使う大きさのルース以外にも、メレダイヤを意識して小粒サイズのルースも加工した。

「カラーレスだから色はないけれど、ダイヤモンドに似ている感じね」

完成したルースをコパリュスとムーンに見せた。

「透明感があって、きらめきも楽しめます」

「雰囲気がダイヤモンドに似ているの」

「小さいルースは、主役の宝石周辺に飾ると主役の宝石が引き立つのよ。試しにひとつだけジュエリーを作ってみるね」

「どのようなジュエリーになるか楽しみです」

地金加工のために火の魔石具を取り出した。炎を灯《とも》すとルビーを思い出す。

「ルビー、炎を安定させて」

声に反応してルビーが出現した。その場で飛び跳ねたあとに、火の魔石具周辺を飛び回る。銀色の粒子が炎に降り注ぐと炎の揺らぎが安定した。ルビーは姿を消さずに、エメと一緒に空中へ浮かんでいた。

リングのジュエリー作りを開始した。主役の宝石はアメシストで深みのある紫色が目を引く。アメシスト周辺や指を取り巻く地金に、カラーレストパーズを配置する。アメシスト周辺は少し大きめのルースを使った。

リングのジュエリーが完成すると、コパリュスとムーンに見せる。いつの間にかエメとルビーは消えていた。

「周りの透明な宝石のおかげでアメシストが際立っているの。地金はプラチナなの？」

「透き通るカラーレストパーズを生かすために、地金はあえてプラチナにしたのよ」

「レベルが高い宝石や地金のみで作らなくてもすてきで、メイア様のジュエリーは奥が深いです」

「試しで作ったけれど、よくできたみたい。この調子でたくさんジュエリーを作って奉納したい。きっとオパリュス様も喜んでくれると思う」

「すてきなジュエリーでうれしいの。でもコパは夕食があるともっとうれしいかな」

思った以上に時間が経《た》っていたみたい。後片付けをしてから４階へむかった。

*

今日も宝石神殿の５階へ行くと、精霊たちが出迎えてくれる。ルビーとは何度目かの対面で、少しずつだけれど仲よくなってきた。最近よく作っているカラーレストパーズを脇石に使ったジュエリーを奉納した。

「今日の夕食はどのような料理なの？」

　コパリュスが聞いてきた。

「畑でおいしい野菜が採れたから使ってみる予定よ」

「楽しみなの。田んぼはまだできないの？」

　コルンジさんにお米をもらってから、北西方向の土地に田んぼを作り始めた。ガルナモイトさんが指導をしてくれる。水が張ってある田んぼを思い浮かべるけれど、その前に多くの作業があった。

「時間はかかるけれど、来年には私たちで作ったお米を食べられると思う。夕食を作る前にスキルを確認するね」

　宝石神殿の5階へきたらスキルレベルを確認するのが日課となっている。いつものように石のテーブルへ手をのせた。

「すべての宝石スキルがレベル8です。メイア様の成長は著しいです」

「宝石神殿という環境があったからだと思う。これまで鑑定できなかったレベル9の鉱物が、ある程度の確率で鑑定できるようになるから楽しみね」

「どのような宝石なのか、今から待ち遠しいです」

「私もすぐに知りたいから、この場で鑑定するね」

　宝石箱から未鑑定の鉱物を取り出して、鑑定を始める。鑑定に失敗した鉱物もあるけれど、いくつかの鉱物の素性がわかった。

「どのような宝石ですか？」

ムーンが私の足にすり寄ってきた。ムーンの体をなでると、フサフサとモフモフの感触が心地よかった。銀色の毛並みはいつもかがやいている。

「宝石図鑑で詳細を説明するね」

今度は宝石箱から宝石図鑑を取り出して、該当する頁《ページ》を探す。2つほど新たな宝石が追加されていて、2つとも見慣れた名前だった。

「ルビーとサファイアよ。たしか国宝級ジュエリーで使う宝石よね」

載っている宝石の絵を交互にムーンへ見せた。

「赤色と青色が対照的で、かがやきのきれいな宝石です。両方とも同じコランダムという鉱物名ですが、ルビーとサファイアは同じ種類なのですか」

「見た目は異なるけれど鉱物的には一緒ね。赤色がルビーで、そのほかの色がすべてサファイアよ。それよりも興味深い説明文があったのよ」

「どのような内容ですか」

ムーンも気になったようなので、該当する内容を説明した。

「宝石の強化よ。今までの宝石は普通の椿油《つばきあぶら》だったけれど、ルビーとサファイアは原初の椿油が必要みたい。コパリュスとムーンは聞いたことある？」

「コパはもちろん知っているの。でも宝石神殿やムジェの森にはないかな」

「古くからある椿という知識くらいです。場所までは知りません」

存在する椿だけれど、高レベルの宝石に使用するだけあって貴重みたい。

「レベル9の加工はまだ無理だけれど、原初の椿油は入手しておきたいわね。シンリト様とリンマルト様、それにガルナモイトさんたちにも聞いてみるね」

夕食の準備まで時間があったので、シンリト様とリンマルト様のもとを訪ねた。

2人とも宝石神殿の3階でくつろいでいた。部屋の中に案内されて椅子に座る。部屋の中には、王都ドリペットから取り寄せた品物があって充実してきていた。

向かい側にはシンリト様とリンマルト様が、私の横にはコパリュスがいた。ムーンは少し離れた位置で待機している。2人に視線をむけた。

「シンリト様、リンマルト様。宝石神殿の生活には慣れてきた？」

2人とも貴族で私の2倍以上も年上だから、普通なら敬語を使う相手だった。でも初めて会ったときに普段通りでかまわないと言われたので敬語は使っていない。

シンリト様とリンマルト様が宝石神殿に住み始めてから、すでに2か月は過ぎていると思う。伯爵家の使用人たちは宝石神殿と王都を行き来しているみたいだけれど、2人は神殿から離れることはなかった。

「私自身の時間を有意義に使える場所だ。楽しく過ごしている」

「昔のように体が軽いですわ。お花を育ててみたいけれど平気かしら」

リンマルト様の体調もよくなってうれしかった。

「土地は空いているから、気に入った場所があったら言ってね」

「明日にでも探してみます」

「ところで聞きたいことがあるらしいが、どのような情報だ？」

シンリト様が聞いてきた。

「レベル9の宝石を強化するのに原初の椿油が必要なのよ。何か知っている？」

「国宝級の宝石に使う強化材料か。名前は知っている。商業ギルドなら情報を持っていると思うが、私たちが聞いても教えてくれないだろう。それほど貴重な材料だ」

「わたくしも名前くらいですわ」

「簡単には入手できそうにないのね。時間はあるから気長に探してみる」

原初の椿油の情報を聞き終えると、宝石神殿の生活について聞く。とくに大きな課題はないみたいで、宝石神殿での生活は好評だった。一通りの話が終わって席を立つ。

「シストメアにジュエリーを作ってくれると聞いたが、ぜひよろしく頼む」

「レベル8まで加工が可能になったから、期待に応《こた》えられるようにがんばるね」

「完成したジュエリーを楽しみにしていますわ」

シンリト様とリンマルト様にお礼を言ってから、部屋をあとにした。コパリュスとムーンをつれて宿屋にむかう。

宿屋の扉を開けると、ガルナモイトさんを含めた4名の冒険者がテーブルを囲んで座っていた。

「メイアちゃん、何か用事かい」

マクアアンリさんから、声をかけてくれた。

「冒険者は各地の情報に詳しいよね。原初の椿を知っていたら教えてほしい」

「あたいは聞いたことがないよ」

「うちも知らないにゃ。その椿があるとおいしい料理ができるのかにゃ」

「宝石の強化で使うのよ」

「それは残念にゃ」

スズリピラさんの顔が落胆したように見えた。

「ガルナモイトさんとトアイライオさんは知っている？」

「自分は知らない」

ガルナモイトさんが答えてくれた。トアイライオさんは考えているようで、眉間にしわを寄せている。トアイライオさんと視線があった。

「原初の椿を知っています。実物も見ましたが入手は困難です」

初めて有効な情報を入手できたけれど、一筋縄ではいかないみたい。

*

宿屋の1階で原初の椿について聞いて回っていたところ、トアイライオさんが情報を知っているらしかった。

「トアイライオさん、原初の椿は何処《どこ》にあるの？」

思わず身を乗り出してしまった。

「メイアちゃん、まずは椅子に座っておくれよ。立っていたら話しにくいさ。飲み物を持ってくるから、ゆっくり話をさせておくれ」

「マクアアンリさん、ありがとう。お言葉に甘えるね」

コパリュスと一緒に椅子へ座った。ムーンは私の後方で待機している。

マクアアンリさんが飲み物を持ってきてくれた。口を潤したあとに、向かい側にいるトアイライオさんへ視線をむける。

「僕の知っている情報を教えますが入手は難しいです。口外もしないでください」

「誰にも言わない。すてきなジュエリーを作って、みんなの笑顔が見たいだけよ」

「僕が原初の椿をみた場所はエルフの里です。エルフの里は複数存在していて、たいていの場所には原初の椿があります。僕の故郷にもありました」

「トアイライオさんが住んでいたエルフの里に行けばあるの？　入手が難しいのは持ち出しができないから？」

具体的な場所がわかってうれしい。気がかりなのは入手困難の理由だった。

「僕の故郷は遠くにあるので行くのは難しいです。一番近いエルフの里はカンアットの森にありますが、エルフ族以外ではエルフの里はまず見つけられないでしょう。また原初の椿をもらえるかはわからないですし、そもそもエルフの里以外では育たないとも耳にしたことがあります」

「カンアットの森はどの辺り？」

横にいるコパリュスに聞いた。

「ムジェの森から南西方向にあるの。宝石神殿からは5日くらいかかるかな」

「思ったよりも近いのね。私たちだけではエルフの里に行くのは無理だけれど、トアイライオさんがいれば見つけられるの？」

「何度か行っているので僕なら可能です」

「5日でつくなら行ってみたいけれど、一緒に同行してもらうことは可能？」

冒険者4人の顔を見回した。

「あたいはかまわないよ。トアイライオに任せるさ」

トアイライオさん以外の3人からは反対されなかった。

「僕で力になれるのなら喜んで引き受けます。ただ原初の椿が入手できるかはお約束できません。また最小限の人数で行くことをおすすめします」

大人数でエルフの里に行くのは好ましくないようで、私とコパリュスにムーン、トアイライオさんで行くこととなった。宝石神殿はちょうど訪ねてきたトナタイザンさんに留守番をお願いした。


カンアットの森へ出かける準備が整った翌日の朝に宝石神殿を出発した。いくつかの荷物は宝石箱に保管して、普通の収納アイテムと説明する。

ムジェの森は何度か歩いていたので、そこまで苦労はない。問題は魔物だけれどコパリュスとムーンがいれば安心だった。先頭はムーンとトアイライオさんで、私が真ん中にいて最後尾がコパリュスだった。

「私には魔物と戦う力はないから、一般人と同じだと思ってね」

歩きながら前方のトアイライオさんにお願いする。

「わかりました。危険が迫ったらすぐに知らせます」

「メイア様の安全はわたくしが守ります」

「コパが魔物を追い払うの」

「みんな頼もしい。ありがとう。料理は私ががんばるから期待してね」

私が手伝えるのは料理くらいしかなかった。

「旅でもメイアの料理が食べられてうれしいの」

「宝石箱にいろいろと入れたから、宝石神殿と変わらずの料理は作れるよ」

「楽しみなの」

ムジェの森で襲ってくる魔物は、ムーンとトアイライオさんが退治してくれた。コパリユスが何もしないで済んでいるから、トアイライオさんの実力もすごいと思う。

木々がなくなって見渡しのよい場所に出ると、幅の広い道が目の前に現れた。

「スークパル王国とブネスライト共和国をつなぐ道になります。通常はムジェの森を通らずに、この道を使って行き来します」

トアイライオさんが教えてくれた。馬車が2台並んで通れるくらいの広さがある。

「この辺りまでがムジェの森なのね」

「その通りなの。ここまで来るのは初めてだと思うけれど、メイアは疲れていない？」

「少し歩き疲れたけれど、まだまだ平気よ」

ムジェの森を抜けるのに丸4日もかかった。コルンジさんたちが森を抜けるときは2日くらいと聞いていたので甘く見ていた。南西方向は入り組んだ細道が多いから時間がかかったみたい。

「道を挟んだ向かい側がカンアットの森？」

「その通りです。カンアットの森は強い魔物はいませんが誰も近寄ろうとはしません」

トアイライオさんが答えてくれた。

「何故《なぜ》なの？」

疑問に思って聞いた。普通なら森の恵みを求めて、中へ入る人がいると思う。

「カンアットの森は迷いの森とも呼ばれています。エルフの里の結界があるので、森の中では道に迷います。ここからは僕が先導しますので、僕の近くから離れないでください」

「わかった。傍《そば》から離れないようにする。エルフの里まで案内をお願いね」

トアイライオさんが先頭でカンアットの森へ入る。途中途中でトアイライオさんは何かを確認しながら、呪文らしきものを唱えていた。

カンアットの森に入ってから半日くらい歩くと、トアイライオさんが立ち止まってこちらを向いた。

「この先がエルフの里です。僕が交渉しますので、この場所で待っていてください」

トアイライオさんが前方に歩き出した。

＊

トアイライオさんが数歩進むと目の前に3名の人影が現れた。雰囲気はトアイライオさんに似ている。中央の男性は何も武器を持っておらず、両脇の男性は剣を構えていた。

「お久しぶりです。エルフの里へ入る許可を頂きたいです」

知っている相手なのか、トアイライオさんは親しげに話している。

「トアイライオだけなら別にかまわないが、ヒューマン族も一緒なのか」

「彼女たちの用事でつれてきましたので、話だけでも聞いてもらえませんか」

「お姉さんは要件を知りたい」

私のうしろから女性の声が聞こえた。振り向くと女性が立っていたが、武器は持っていない。コパリュスは気づいていたのか、私を庇《かば》う形で女性の前に立ちふさがっている。ムーンは左右の木々を見渡して、視線も上下に動かしていた。

「相手に敵意はないの。でもメイアを驚《おどろ》かすのはいけないかな」

コパリュスが女性にむかって話す。

「気配を消していたのに、お姉さんは自信をなくす」

「ネルピス、やはりあなたでしたか。僕たちは争うつもりはないです」

トアイライオさんが、ほっとしたような表情を見せた。

「お姉さんも喧嘩《けんか》をしたくない。少女はお姉さんよりも強くて幻獣フェンリルも同じ。お姉さんの家で相談を聞く」

コパリュスの強さを見破れるのなら、ネルピスさんの洞察力《どうさつりょく》はすごい。長い金髪で印象的な口調のお姉さんに違和感はなかった。元の世界なら20代に見えるけれど、エルフ族の年齢は私には判断できない。

木の陰から数人のエルフ族が姿を現した。大人数で監視していたみたい。


私たちはネルピスさんを先頭に歩き出した。

「コパリュスはエルフ族の気配がわかっていたの？」

「当然なの。ムーちゃんも気づいていたかな」

「コパリュスもムーンもすごいね。私は全然わからなかった」

一瞬だけ前方の景色が揺らいだと思ったら、すぐに元へ戻った。

立ち止まって周囲を見渡す。

「結界を通り過ぎてエルフの里に入ったかな。木の上に家が見えるの」

私のおかしな行動に気づいて、コパリュスが理由を教えてくれた。

「私にも家が見えたわ。家同士の移動は吊《つ》り橋《ばし》なのかな。ちょっと怖そうね」

太さと高さのある木の上に家が作られていた。地面からの階段もあるけれど、空中での移動が基本みたい。木々の合間にエルフ族の子供を見かけた。

周囲よりも一回り大きな木に案内された。階段は思ったよりもしっかりしている。階段の上にあった、木や葉っぱで作られた家の中へ案内された。

私を中心に右にコパリュス、左にトアイライオさんが座った。私の後ろにはムーンがいる。向かい側にはネルピスさんのみが座って、後ろには最初に見かけた男性3名が立っていた。家の入口にも見張りが2名待機している。

「トアイライオは冒険者を続けている？」

最初に口を開いたのはネルピスさんだった。

「つい先日引退して、今は宝石神殿で暮らしています。こちらが宝石神殿の管理者でメイアさんです。今日は彼女の用事のためにこちらに来ました。僕は案内役です」

「メイアです。宝石神殿で宝石関連の仕事をしているの。必要な品物があってエルフの里を訪ねてきたのよ」

「お姉さんの勘では原初の椿ね」

ネルピスさんは即答だった。

「その通りだけれど、どうしてわかったの？」

「宝石関連なら、それ以外は考えにくい。メイアは何の宝石職人？」

以前にも原初の椿を求めて宝石職人が訪れたのかもしれない。それも宝石と聞いて、原初の椿が予想できるくらいの人数が来ている。すなおに答えたほうがよさそう。

「宝石採掘スキル、宝石鑑定スキル、宝石加工スキルのレベルを上げているのよ。何の宝石職人と聞かれると答えにくいけれど、やっぱりジュエリー製作が主流ね。今の宝石加工スキルはレベル8だけれど、レベル9の宝石強化を見越して原初の椿を探している」

「レベル8の地金と宝石でジュエリーは作れる？」

ネルピスさんが聞いてきた。

「宝石がトパーズかスピネルで、地金がオリハルコンなら可能よ。レベル8で作ったジュエリーも持っている」

「新規ジュエリーでも完成ジュエリーでも、お姉さんはかまわない。長老3名が納得するジュエリーなら、原初の椿の種や椿油をあげられる」

何度も対応をしているのか、迷った素振りもせずに条件を出してきた。

「みんなで相談をさせてね。素材はあるから明日中にはジュエリーを渡せると思う」

「じっくり考えて。それまでの間は、この家で過ごしてほしい。里のみんなが不安になるから、お姉さんが一緒にいるけどいい？」

「作業中に邪魔をされなければ平気よ」

私が了解すると、ネルピスさんの後ろにいた男性3名が外に出た。家の入口にいる見張りはそのままだった。

＊

エルフの里にある家の中でコパリュスとムーンへ聞いた。

「どのようなジュエリーがよいと思う？」

「メイアの好きでかまわないの。コパはメイアなら平気だと思っている」

「今までのジュエリーはどれもすてきです。メイア様の気持ちがこもっていれば、どのようなジュエリーでも大丈夫かと思います」

コパリュスもムーンも私に任せてくれる頼もしい言葉をくれた。

「いつも通りに作ってみるね。トアイライオさん、エルフ族が好むデザインはどのようなものなの？　何か特徴はある？」

エルフ族には詳しくないので素直に聞いた。

「森になじみやすいデザインは受け入れやすいです」

「自然あふれるデザインがよさそうね。参考にしてみる」

決まったデザインはないみたいで、植物や森の昆虫でも面白そう。自然と聞くと元の世界での四季を思い出す。

派手なデザインではなくて個性的なデザインにしたい。森でよく見かける風景を頭の中で思い浮かべながらデザインを考えた。最終的に決まったデザインは小粒のルースがたくさん必要になる。

「悩んでいるようだけれど、ジュエリーで迷っているの？」

コパリュスが私の顔を覗《のぞ》き込《こ》んで声をかけてきた。長く考えていたみたい。

「方向性が見えてペンダントにしようかと思ったけれど、ルースを多く使うから手持ちを確認しないとね」

革の鞄《かばん》から宝石箱を取り出して、中に入っているルースを調べた。ジュエリーに使いたいレッドスピネルやブルースピネル、ほかの色のスピネルも全部取り出した。ルースの大きさは、米粒よりも小さいサイズのみを集めた。

「数は足りそうなの？」

「必要な数はあったよ。スピネルは色が豊富だから、使いやすい宝石のひとつね」

「どのようなデザインになるか楽しみです」

コパリュスの横からムーンが顔を覗かせた。

「見慣れたデザインだけれど、ちょっとした工夫があるから期待してね」

ルースがそろって地金のオリハルコンも充分にあった。細かい作業が増えるので早めにジュエリー加工に取りかかりたい。ネルピスさんに火を使う許可をもらった。ネルピスさ

んは中立の立場で監視してくれていると感じた。

加工に集中すると、周囲の音や景色は気にならなくなった。ルースと地金のみが視界に映る。スキルの恩恵よりも先に手が動いて、頭の中にあるイメージを具現化した。

ひとつめのパーツを作り終えて、もうひとつのパーツも作り始める。時間を忘れて加工を進めて、主要パーツが完成すると大きく息を吐く。周囲の音と景色が五感に戻った。顔を上げるとコパリュスのかわいらしい姿が飛び込んできた。

「ジュエリー作りは順調なの？」

「今のところ想定通りに作れているから、この調子なら明日中に渡せそう」

「ジュエリーはいくつか作るのですか」

ムーンが聞いてきた。ジュエリーに興味があるからか鋭い質問だった。

「ひとつだけよ。どのようなジュエリーになるかはもう少し待ってね」

「楽しみにしています」

「ジュエリーも楽しみなの。でもコパは夕食がもっと楽しみかな」

コパリュスの言葉で視線を家の外へむけると、すっかり日が落ちていた。

「区切りもよいから夕食を作るね。コパリュスは何が食べたい？」

「テンプラが食べたいの」

「メイン料理はテンプラにするね。ほかの料理は手持ちの食材で考えてみる。ムーンもトアイライオさんもそれで平気？」

　2人とも頷《うなず》いてくれた。

「聞き慣れない料理で、お姉さんは知りたい。ヒューマン族では普通の料理？」

　興味のあるといった顔で、ネルピスさんが会話に入ってきた。

「ヒューマン族とは関係ない宝石神殿料理よ。ひとり増えても大差はないから、食べるのなら一緒に作れる」

「うれしい。お姉さんも一緒に食べる」

「おいしいから楽しみにしててね」

　5人分の量で料理を作る。テンプラはネルピスさんも喜んでくれて、みんなで賑やかな夕食の時間を過ごした。


　翌日の昼間にはジュエリーが完成した。最初にコパリュスとムーンへ見せると、非常に喜んでくれた。2人の笑顔で心が癒《い》やされてジュエリーに自信が持てた。

　ネルピスさんにつれられて長老たちがいる家にむかった。

「エルフ族以外は中に入れないから、お姉さんが渡してくる」

「すてきなジュエリーだから、気に入ってくれると思う」

　ジュエリーをネルピスさんに渡すと、ネルピスさんが家の中に入る。私たちは護衛が見張る中で、ネルピスさんの帰りを待った。

　どのくらいの時間が経《た》ったかはわからない。日が落ちる前にネルピスさんが姿を現した。歩き出したので、そのあとを追う。最初に案内された家で、向かい合うようにして座った。

「長老たちの結論が出たから、お姉さんが代わりに伝える」

「どのような内容でも受け止めるから教えて」

　手に汗を握りながらネルピスさんを見つめた。

　ネルピスさんは懐《ふところ》から袋を取り出して、ジュエリーと一緒に私の前へ置いた。

「これが答え。すてきなジュエリーと長老たちもほめた。お姉さんも感動」

　袋を開けると中には小瓶と種があった。

「原初の椿油とその種であっている？」

　見た目で想像はついたけれど、言葉で確認したかった。

「その通りで、普通はどちらかを選ばせるけれど、今回は両方ともあげる」

「うれしい。大事に使わせてもらうね。宝石職人として参考に知りたいけれど、どのへんを気に入ってくれたの？」

　高評価してくれたのは素直にうれしかった。宝石神殿にはすてきなジュエリーを奉納したい。そのためにも喜んでもらえた点を知りたかった。

「一番感心したのは作り。心がこもっていて、ていねいな仕上がり。外から見えない部分もきれいなのは、お姉さんも納得の作り」

「メイアのジュエリーは、コパが保証するくらいすごいの」

　自分がほめられたかのようにコパリュスがうれしそうに語った。近くではムーンも頷いている。ネルピスさんが続きを話した。

「お姉さんが一番驚いたのは、両面で使えるデザイン。気分で新緑と紅葉を使い分けられる。小粒の宝石を集めて作った葉っぱは本物以上のかがやき。このジュエリーはお姉さんがほしいくらい」

「エルフの里を考えながら作ったから、よければネルピスさんにあげる」

「本当？」

　ネルピスさんが目を見開いて、驚いたように聞き返した。

「喜んでもらえるなら作った甲斐《かい》があったから、ジュエリーをもらってほしい」

「コパもムーちゃんも、メイアにジュエリーをもらっているの」

　ブローチとネックレスをネルピスさんに見せている。

「大切にする。何かあれば、お姉さんに言って。長老の娘だから顔は広い」

「今度は遊びに来るね」

翌日、ネルピスさんに見送られながらエルフの里をあとにした。

＊

エルフの里から戻ってきて数日が経過した。留守中は何も問題がなかったとトナタイザンさんが答えてくれた。

原初の椿の種は、ガルナモイトさんの指導を受けながら果樹園に植える。エルフの里以外では育ちにくいかもしれないと聞いたけれど、ダイヤもいるから試してみた。

朝のお祈りも終わって、今はひとりで宝石神殿の地下2階と地下1階で採掘と加工を繰り返した。コパリュスとムーンも忙しくなってひとりで作業する機会が増えた。

「レベル9の鉱物が連続で採掘できたから、早めにスキル確認が必要ね」

宝石神殿の5階へ移動して部屋へ入ると同時に、私の真横にエメが出現した。ダイヤとルビーは少し離れた位置で浮遊している。

「みんな元気そうね。みんなのおかげで宝石神殿での暮らしが豊かになってうれしい。これからも一緒に楽しもうね」

みんなも喜んでくれたみたいで、態度で心を表現してくれた。

石のテーブルへ手をのせると予想以上の結果だった。

「宝石採掘スキルだけではなくて宝石加工スキルもレベル9になっている。達人と呼ばれるレベルみたいだけれど実感がわかない。でも原初の椿油を使って強化ができる。コパリュスとムーンはいないけれど試してみたい」

5階から地下1階へむかうと、エメが一緒についてきてくれた。

地下1階で宝石加工の準備が完了すると、ルビーとサファイアのルース作りから開始した。初めて宝石神殿へ来た日と比べると、鉱物の状態が手に取るようにわかる。最初のころに経験した無駄な動きがなつかしくも感じた。

ルビーとサファイアのルースがひとつずつ完成する。原初の椿油や火の魔石具を取り出して、強化の準備が終わると火の魔石具に炎を灯した。

「ルビー、火を安定させて」

元気な姿でルビーが出現した。その場で飛び跳ねてから火の魔石具周辺を飛び回る。銀色の粒子が炎に降り注ぐと炎の揺らぎが安定した。

初めて使う宝石と椿油だから慎重に進める。私自身の経験がスキルよりも先に危険を感知できた。試しに実施した強化が無事に終わると、ルース作りを再開する。さまざまな大きさやカットのルビーとサファイアのルースをたくさん作った。

「きれいな宝石がいっぱいなの」

顔を上げると、コパリュスとムーンの姿があった。

「部屋へ入ってきたのに気づかなかった」

「メイアは集中すると周りが見えなくなるの。でもそれだけ真剣なの」

「加工している宝石はルビーとサファイアに見えます。メイア様は宝石加工スキルがレベル9になったのですか」

ムーンが聞いてきた。

「宝石採掘スキルと宝石加工スキルがレベル9になったのよ。宝石鑑定スキルはレベル8のままね。原初の椿油を使った強化も問題なくできたから、ほとんどの宝石と地金が扱えると思う」

「この短期間ですばらしいです」

ムーンがうれしそうに体をすり寄せてきた。私もうれしくなって、ムーンの体をなでてあげた。フサフサとモフモフの感覚が私を癒やしてくれる。

「コパもメイアはすごいと思うの。でも昼食を忘れるのは駄目かな」

「もうお昼になったのね。これから作るから少しだけ待って。トナタイザンさんが卵をもってきてくれたからオムライスを作るね」

トマトが収穫できるようになってから、トマトケチャップを作っておいた。元の世界に比べれば濃厚さはないけれど、味に幅を持たせる調味料が増えた。醤油《しょうゆ》や味噌《みそ》も作るか入手できれば、さらに料理の幅が広がってうれしい。

「初めて聞く料理名で楽しみなの」

宝石神殿の4階へ移動して、コパリュスと一緒に料理を開始する。コパリュスも料理に慣れて、順調に3人分が完成するとテーブルに並べた。

「トマトケチャップは、好みの量を使って卵とご飯と一緒に食べてね」

「卵の黄色とケチャップの赤色が目を引きます」

「コパはおいしい匂いに我慢できないの」

「温かいうちに食べてね」

コパリュスとムーンがオムライスを食べ始める。

「ふわふわでおいしいの」

「ご飯にもケチャップが使われていて、味に濃厚さが増しておいしいです」

コパリュスとムーンの喜ぶ姿を見てから、私もオムライスを口に入れる。手元にある食材で作ったけれど満足のいく味だった。

昼食後は時間が空いたので、コパリュスとムーンと一緒に果樹園へむかう。

果樹園の木陰で腰を下ろした。横にはフサフサとモフモフのムーンがいて、温かさと優しさが伝わってくる。エメが出現するとコパリュスはエメと遊びだした。のどかな風景を眺めながら、すてきな時間を過ごした。

数日後の夕方にはルビーとサファイアのジュエリーがたくさん完成した。

「今日はここまでね。昨日はイヤリングで今日はブレスレットがきれいに作れた。たいていのジュエリーなら問題なく作れそう」

シストメアちゃんに恥をかかせたくない。シストメアちゃんのほしいジュエリーがどのような種類でも、これだけ作れれば対応できるはず。

「ルビーとサファイアのジュエリーは、どちらも輝きがすごいの」

「どの国へ持っていっても国宝級のジュエリーとなる品質です」

コパリュスとムーンも完成したジュエリーに満足してくれた。

「レベル9の宝石も基本はほかのレベルと同じみたい。5階へ行ってジュエリーを奉納したら、夕食の準備を始めるね」

革の鞄から宝石箱を取り出す。道具やジュエリーをしまって、コパリュスとムーンと一緒に5階へむかった。

奉納台に今日作ったジュエリーの大半を置いた。淡い光とともにジュエリーが消えてから、部屋全体に光が充満する。宝石神殿のレベルが上がった。

# 宝石神殿
# レベル
# 8

夕方の宝石神殿５階で、宝石神殿のレベル８を確認した。

「精霊は見かけないから宝石神殿の強化？　厩舎《きゅうしゃ》と荷物置き場が黄色だったよね」

「確認をしてみるの」

コパリュスが石のテーブルへ手をのせると、画面に宝石神殿の情報が表示される。表示された内容は私の予想と同じだった。

「すべてが緑色になっているから、これで宝石神殿全体が強化されたのね」

「その通りなの。でもコパは実物を見たい」

外へ行く前に私のスキルを確認したけれど数日前と変わらない。宝石採掘スキルと宝石加工スキルがレベル９で、宝石鑑定スキルがレベル８だった。


コパリュスとムーンと一緒に宝石神殿の外へ出た。噴水の横を通って、厩舎と荷物置き場の建物の中へ入った。

「宿屋と同じ感じできれいになっているね」

「倉庫ほどではないけれど、急激な温度変化は抑えられるの」

「荷物や動物にもやさしそう」

「メイア様、噴水前で待っている人物がいます」

後ろからムーンが教えてくれた。コパリュスも慌てていない様子を見ると知っている人のはず。今の住人なら、わざわざ待っていないで私に話しかけてくる。思い当たる人物はひとりしかいなかった。

　建物を出て噴水前に行くとトナタイザンさんが待っていた。

「もうすぐ日が暮れそうだけれど、今日はどのような用事？」

「散歩をしていたら、あの商人たちの姿があった。もうすぐ来るはずだ」

「コルンジさんたちね。ニワトリやヤギは見かけた？」

　思わず聞いてしまった。それほど待ち望んでいた品物だった。

「鳴声《なきごえ》が聞こえたからいるはずだ」

　しばらくすると、東門から宝石神殿へ続く道が明るくなる。コルンジさんたちが宝石神殿に現れた。無事に到着できてよかった。

「メイア殿、今回も宿泊場所をお借りします。ところで噴水に何かあるのですか」

　私たちがこの時間に外へいたのが不思議だったみたい。

「建物を見ていたら、コルンジさんたちが来ると聞いて待っていたのよ。厩舎と荷物置き場も改善されたから馬も喜ぶと思う。宿泊は宿屋を使ってね。ガルナモイトさんたちがいるから、詳細は彼らから聞いて」

「助かります。夕食後にお話は大丈夫ですか」

「平気よ。私のほうから宿屋へ行くね」

コルンジさんたちと別れて宝石神殿の4階へ戻った。トナタイザンさんは宿屋で少しくつろいでいくみたい。

夕食を食べ終わって今は宿屋の2階にいた。向かい側の席はコルンジさんで、私の横にはコパリュスとムーンがいる。

「メイア殿のジュエリーは好評でした。頼まれていたニワトリとヤギ以外にも、食材とその種や日用品を持ってきています。明日にでも現物を見てください」

食材の中身を聞いたら、ブドウ、ミカン、それにアズキまである。果樹園や畑が賑《にぎ》やかになりそうで楽しみが増えた。

「たくさん持ってきてくれてうれしい。ジュエリー加工にも慣れてきたから、前回と同じくらいならすぐに製作は可能よ」

「毎回１０個前後あると助かります。ただ貴族は同じ品物を嫌います。異なるデザインや宝石でお願いできますでしょうか。それと最高級ジュエリーの製作も可能ですか？」

「問題なく作れるから安心してね。宝石加工スキルがレベル9になって作ったジュエリーがあるけれど、このジュエリーは喜んでくれそう？」

ルビーのリングとサファイアのペンダントジュエリーを取り出して、コルンジさんに渡した。コルンジさんの動きが一瞬止まった。危険物を触るかのようにゆっくりと手を伸ばす。ルビーを先に見て、そのあとにサファイアを確認している。

「鑑定の魔石具を使っても平気ですか」

「前回見せてもらった魔石具よね。大丈夫よ」

コルンジさんが魔石具を取り出して、深い皿の上にジュエリーを置く。何度も頷《うなず》きながら、ルビーとサファイアのジュエリーを鑑定した。

「すばらしいです。宝石と地金ともに強化されていて、まさに国宝級ジュエリーです。でも残念ながら、わたしでは購入できません」

「価格なら相談可能よ」

「お金の問題ではありません。あまりにも高品質な国宝級ジュエリーです。わたし程度の商会で取り扱える品物ではないのです。できれば誰にも見せないことをおすすめします。それか信頼している貴族に直接売るのが確実でしょう」

コルンジさんの説明の意味がわからなかったので、すなおに聞いてみた。

「ジュエリーに何か問題があるの？」

「よい意味で問題があるジュエリーです。このジュエリーを持っていれば、誰にも負けない地位が手に入るでしょう。誰もが製作者を探すはずです。有力貴族に直接売れば保護してもらえますが、商会程度では対応できません」

ジュエリー自体に悪い部分はなかった。ただこの世界では、ほとんど存在しないほどの高品質ジュエリーとわかって、やっと意味が理解できた。

「レベル９のジュエリーは人前で見せないようにしたほうがよさそうね。コルンジさんには、レベル７か８の宝石を使ったジュエリーでいいかな？」

「高級か最高級ジュエリーまでだと助かります」

残りの時間は、ガルナモイトさんたちの様子を話して終わりとなった。

＊

コルンジさんたちがきた翌日の日中に、今度はシストメアちゃんたちが宝石神殿を訪ねてきた。コパリュスが気配を察知して教えてくれたので、コパリュスとムーンをつれて噴水前で出迎えた。

馬車からシストメアちゃんが降りて私の前に歩いてくる。

「両親の説得に成功しました。メイア、すてきなジュエリーをお願いします」

「社交界デビューで使うジュエリーよね？」

確認のために聞いた。

「そうです。もうすぐ１５歳になるので、そのパーティーで使いたいです。宝石やデザインは、祖父母が許可すれば平気とのことです」

「たいていのジュエリーなら作れるよ。今日は移動で疲れていると思うから詳細は明日聞くね。宿泊は宝石神殿の2階と3階を使ってね」

「助かります。あれから宝石に興味が出てきて宝石鑑定スキルを習得しました。メイアには全然及ばないけれど、少しずつレベルも上がっています」

シストメアちゃんはうれしそうに話しながら、コパリュスへ視線を向けた。

「すっかり宝石の虜《とりこ》になったのね。私もうれしい」

使用人のガットーネさんが近づいてきた。私から宿泊の場所と、ガルナモイトさんたちや商人が宿屋に泊まっていると説明した。

シストメアちゃんたちを見送っているとガルナモイトさんが箱を抱えた姿で現れた。

「キャベツが余った」

畑から戻ってきたみたい。

「順調に野菜が育っていてうれしい。ありがたくもらうね」

「精霊の力がすごい」

定期的にダイヤへお願いして土を豊かにしている。当然ながらガルナモイトさんたちの知識があっての豊作だった。

「ダイヤはいつでも呼べるから必要なときは言ってね。昨日渡したニワトリとヤギは大丈夫そう？」

「問題ない」

ガルナモイトさんが頷く。前は無口だったけれど、少しずつ会話が増えてきた。ミルクや卵が安定してきたら、チーズやバターを一緒に作る約束をした。お礼を言ってから、コパリュスとムーンと一緒に宝石神殿の中へ入った。


「キャベツは新鮮なうちに食べたいよね。今日の夕食で使ってみる」

「また珍しい料理を作るの？」

覗《のぞ》き込《こ》むようにコパリュスが聞いてきた。

「オコノミヤキという料理よ。この料理はみんなで作って一緒に食べると楽しいの」

「コパは一緒に作っておいしく食べたいの」

「楽しく料理が作れそう。せっかくだからシストメアちゃんを呼んでも平気？」

久しぶりに会えたから一緒に食事もしたかった。

「コパはかまわないの」

「わたくしも大丈夫です」

「2人ともありがとう。2階と3階に行ってみるね」

コパリュスとムーンをつれてシストメアちゃんを探した。

シストメアちゃんは3階の部屋で休んでいた。来た理由を話すと夕食はシンリト様とリンマルト様と一緒に食べるみたい。2人に確認すると、オコノミヤキに興味があるようで一緒に夕食をとることになった。

シストメアちゃんの部屋に鉄板や火の魔石具を用意する。ガットーネさんも手伝ってくれて、シンリト様とリンマルト様も席につくと準備が整った。

「オコノミヤキとはどのような料理ですか」

シストメアちゃんが聞いてきた。

「水と小麦粉と卵を混ぜたものに刻んだキャベツや具材を入れて、鉄板で焼く料理よ。両面をこんがり焼いて、最後に自家製のソースをかければ完成ね」

本来の濃厚なソースとは異なってケチャップに近い感じだけれど、それでもオコノミヤキが食べられるのは楽しみだった。さらにマヨネーズがあればよかったけれど、調味料は地道に探すしかないみたい。あとでコルンジさんに似た調味料がないか聞くつもり。

「コパは好きな具材を入れたいの」

「具材は細かく切るか、焼くときに並べても平気よ。最初は私が作ってみせるね。シストメアちゃんも一緒に作ってみる？」

「ぜひ作りたいです」

「最初にシンリト様とリンマルト様のオコノミヤキから作るね。好きな食材や苦手な食材は何かある？」

　シンリト様とリンマルト様に具材を聞いた。好きな食材を使えるのがオコノミヤキの利点でもある。

「私は肉を多めにお願いしたい。どの肉でも大丈夫だ」

「好き嫌いはありませんわ」

「手持ちの食材で作れそうなので、このまま始めるね」

　底の深い容器にほぐした卵と小麦粉を入れて、様子を見ながら水を足していく。小麦粉が小さなかたまりにならないようによくかき混ぜてから、細かく刻んだ具材も追加してかき混ぜる。火の魔石具で温度調整した鉄板に椿油《つばきあぶら》をひいて、かき混ぜた材料をゆっくりとのせた。

　固まりだしたらシンリト様用には薄く切った肉をのせて、リンマルト様用には細かく切った野菜をこぼれないように置く。

「色とりどりできれいなの。もう食べられるの？」

　横で見ていたコパリュスが聞いてくる。

「両面をこんがり焼くから完成はもう少し先よ。慌てないのが重要ね」

　片側が焼けたあとに平たい道具を使って裏返す。思ったよりも上手《じょうず》に裏返すことができた。火の勢いを抑えてじっくりと焼く。完成したオコノミヤキをお皿の上にのせて、最後に自家製のソースをかけた。

シンリト様とリンマルト様の前にお皿を置く。

「食欲をそそる匂いだ」

「見た目も華やかですてきですわ」

シンリト様とリンマルト様はオコノミヤキを気に入ってくれた。

「コパも早く食べたいの」

「次は一緒に作るから、コパリュスもシストメアちゃんも私の動きを見てね」

ムーンの分も含めて残り4枚を焼いた。できあがったオコノミヤキをみんなでおいしく食べながら、楽しい時間を過ごした。

*

オコノミヤキを食べ終わって、食後の飲み物がテーブルの上に置いてある。

シンリト様とリンマルト様がシストメアちゃんの近況を聞き終わった。話題が社交界デビューからジュエリーへと移る。

「シストメアちゃんには、どのようなジュエリーを作ればいいかな？　レベル9までの宝石と地金を使った加工まで可能よ」

「達人レベルとはすごいです。でもそこまでは望んでいません」

システメアちゃんが答えてくれた。

「宝石はトパーズかスピネルで地金はオリハルコンですわ。ジュエリーの種類はブレスレット、リング、イヤリング、ネックレスのセットでほしいかしら」

リンマルト様が具体的に希望を教えてくれた。システメアちゃんに恥をかかせない最高級ジュエリーを作りたい。

「ジュエリーの概要はわかったから、宝石の種類と色は考えさせてもらってもいい？　システメアちゃんはデザインで希望はある？」

システメアちゃんに視線をむける。

「メイアに任せます。ただドレスのデザインは決まったので合わせてほしいです」

システメアちゃんからドレスのデザイン画を見せてもらう。桜を思わせるピンク色のきれいなドレスで、刺繍《ししゅう》と合わせたレースの柄が目をひいた。

「じっくり考えたいから少し時間をもらえる？」

「5日程度は滞在が可能なので、その間に決まれば平気です」

「それなら大丈夫そう。明日の朝にはデザイン案を見せるね」

「わたくしもデザインを確認したいですわ」

システメアちゃんとリンマルト様にデザインを見せることが決まった。

シストメアちゃんたちと別れて4階の部屋へ移動した。椅子に座ってシストメアちゃんのジュエリーを考え出す。横にはコパリュスとムーンがいる。

「どちらの宝石を使うのですか」

ムーンが聞いてきた。ドレスを見たときに宝石は決めていた。宝石箱から宝石図鑑を取り出して目当ての頁《ページ》を開く。

「今回はトパーズを使う予定よ。種類は赤みを帯びたオレンジ色で、ドレスの雰囲気や色合いに合っていると思うのよ」

元の世界ではインペリアルトパーズと呼ばれる宝石だった。地金のオリハルコンが赤色なので、相乗効果を生みそう。

「赤色とオレンジ色を合わせたような魅惑的《みわくてき》な色合いです。となりにある青色のトパーズよりもかがやきが美しいです」

「ルビーとは異なった赤色で、どちらの宝石もすてきよね」

「コパはどのようなデザインか知りたいの」

「ルースの大きさを変えて配置するくらいで凝ったデザインはしないかな。その代わりにルースを留める爪が見えないように工夫するつもりよ」

ネックレスは中央に大きなルースを使って首に向かってルースを徐々に小さくする。ルースの間にはカラーレストパーズを配置して変化を与えるつもり。簡単なスケッチを描いてコパリュスとムーンに見せた。

「爪を隠す作り方は今までに見たことがないの。複数の宝石がひとつの宝石に見えて存在感がすごいの」

「手間も工数もかかって作るのも難しいのよね。でもシストメアちゃんが社交界デビューのときに使うから、恥をかかせないジュエリーを作りたい」

「メイア様なら、すてきなジュエリーを作れます」

　コパリュスとムーンに説明した内容を元に、デザイン案を描き始めた。全体的な雰囲気や目新しい部分は言葉で補足する。夜遅くまで試行錯誤を繰り返しながら、明日見せるデザイン案を完成させた。


　翌日の朝に宝石神殿の１階でオパリュス様へお祈りしていると、シストメアちゃんもお祈りに訪れた。毎日お祈りしているみたい。

「ジュエリーのデザイン案ができたから、朝食後に話せる？」

「平気です。昨日と同じ部屋で待っています。おばあ様には私から伝えておきます」

「コパリュスとムーンもつれて行くね」

　朝食を済ませたあとに、シストメアちゃんが泊まっている部屋へむかう。部屋で少し待っていると、リンマルト様が姿を見せた。

考えたデザイン案を2人に見せると、全体的な方向性は満足してくれた。細かい部分での微調整が済むと、最終デザインが決まった。

納期や価格など、デザイン以外の取り交わしも滞《とどこお》りなく終わった。シンリト様とリンマルト様は、シストメアちゃんの社交界デビュー前に王都ドリペットへ戻るみたい。私も2人に同行して、完成したジュエリーを届けることに決まった。

*

シストメアちゃん用のジュエリーと奉納用のジュエリーを、宝石神殿の地下1階で作っている。昼食が近くなったのでコパリュスと一緒に移動を開始した。

ムーンはガルナモイトさんたちの、稽古の相手に誘われたみたい。ガルナモイトさんたちは、コパリュスやトナタイザンさんとも稽古していると聞いた。元冒険者だから体を動かすのが好きみたい。

「今日の昼食は何なの？」

歩きながらコパリュスが聞いてきた。

「まだ決めていないけれど、コパリュスは何が食べたい？」

「お米を使った料理かな」

「考えてみるね」

宝石神殿の3階を移動中にシストメアちゃんの姿が見えた。私たちに気づいて、こちらに向かって歩いてくる。いつもとは違って神妙な面持ちに見えた。

「メイア、少し時間はありますか？　コパリュスちゃんも一緒でお願いします」

「大丈夫よ」

「コパも平気なの」

「助かります。部屋に案内します」

シストメアちゃんが泊まっている部屋について椅子へ座った。向かい側に腰を下ろしたシストメアちゃんは、私の横に座ったコパリュスを見つめている。

「どのような用事なの？」

質問をしたけれどシストメアちゃんから返事がない。普段と態度が異なってコパリュスに関心を向けている。

もう一度聞こうとしたときにシストメアちゃんが口を開いた。

「宝石神殿から王都ドリペットに戻って、宝石鑑定スキルを習得しました。毎日欠かさずにオパリュス様にお祈りをしています。今ではスキルも一人前レベルです」

「シストメアちゃんも宝石が好きになってうれしい」

「最初はメイアの影響でしたが、今は宝石も大好きです。加護はありませんが、オパリュス様の温かさを感じられるくらいです。まるでコパリュスちゃんと会っているようで、オパリュス様とコパリュスちゃんの違いがわかりません」

　シストメアちゃんが何を語りたいのかわかった。でも答えは決まっている。

「気のせいよ。宝石神殿内はオパリュス様の影響が大きいからね」

「メイアやほかの人からはオパリュス様の気配を感じません。最初は私も偶然と思いました。でも宝石鑑定スキルの習得と毎日のお祈りで、気のせいから確信に変わりました。宝石神殿に宝石の女神様がいてもおかしくありません」

　信仰心が高いから気配を感じ取れた。コパリュスたちが魔物の気配を感じ取れるのと似ているのかも知れない。シストメアちゃんになら真実を話しても平気と思う。でも私はこの世界における女神の扱いを知らない。

　視線をコパリュスにむけた。

「コパリュスも気のせいと知っているよね」

　すぐに反応してくれると思ったけれど、コパリュスの口は重かった。部屋全体に静けさが訪れてからコパリュスが口を開く。

「数少ない熱烈な信者なの」

　信者がシストメアちゃんを指しているのはわかった。明確な回答ではないけれど、すべてを隠さなくても平気に感じる。あとは私の決断かもしれない。

コパリュスの言葉を聞いてシストメアちゃんの顔つきが変わった。視線を私にむけて発言を待っている。私の気持ちも決まった。

「シストメアちゃん、今までだましていてごめんね。コパリュスは女神オパリュス様の分身よ。宝石神殿を守るために姿を見せている」

「確信していましたが驚きです。生きているうちに女神様と会えて光栄です」

シストメアちゃんは立ち上がって、コパリュスにお祈りを始めた。

「今まで通りでかまわないの。コパはコパなの」

「仰せのままにします。メイアは女神様の眷《けん》属《ぞく》ですか」

「少し特殊なヒューマン族よ。宝石神殿の管理をお願いされた感じね。知られるとすごく大変になるから誰にも話さないでね。私にも今までと同じように接してくれるとうれしい」

「両親にも祖父母にも話しません」

「そうしてもらえると助かる。ジュエリーは期待して待っていてね」

シストメアちゃんが泊まっている部屋をあとにした。4階へ行くとムーンが出迎えてくれる。少し遅くなった昼食の準備を始めた。

シストメアちゃんが王都ドリペットへ戻ってから何日か経過した。ジュエリー作りは順調に進んでいる。ルースは高品質の中でさらに厳選した。ルースをそろえるために採掘をおこなうと、鑑定できない鉱物が増えてきた。

「メイア様、宝石採掘スキルのレベルが上がっている可能性があります」

「今日の夕方にジュエリーを奉納したら、私のスキルも確認するね」

レベル９の国宝級ジュエリーは、そのほとんどを奉納している。レベル９のジュエリーを作ると、レベル８以下のジュエリー作りが簡単に感じた。

夕方になってコパリュスとムーンをつれて宝石神殿の５階へきた。ジュエリーの奉納が終わって石のテーブルに手をのせる。

「メイア様、さすがです。宝石採掘スキルが最大レベルになっています」

「メイアはすべての鉱物を採掘できるの」

宝石採掘スキルがレベル１０になっていた。残りのスキルは変わらずに宝石加工スキルがレベル９で宝石鑑定スキルがレベル８だった。

「幻のジュエリーに一歩近づいたみたい。これもコパリュスとムーンが手伝ってくれたおかげよ。残りのスキルレベルもがんばって上げるね」

「どのようにすてきなジュエリーになるか楽しみなの」

その日は豪華な夕食を作ってコパリュスとムーンと一緒においしく食べた。

翌日の夕方にも宝石神殿の5階でジュエリーを奉納した。淡い光とともにジュエリーが消えて、部屋全体に光が充満する。宝石神殿のレベルが上がった。

# 宝石神殿レベル 9

奉納台の上空に新たな精霊が浮かんでいた。妖艶な女性の姿で順番からすると水の精霊だと思う。4回目なので冷静に判断できる。

「水の精霊よね。今回も私が名前を決めてかまわない？」

「すてきな名前をつけて。もちろん水の精霊なの」

世界4大宝石の残りはサファイアだった。たまたまかも知れないけれど、色合いも水の精霊にあっている。

「名前はサファよ。サファイアのような青さが魅力的ね」

女性の精霊が右手を使って敬礼してくれた。水の精霊による意思表示だった。

「サファも名前をつけられて喜んでいるの」

「メイア様のジュエリー奉納で4大精霊がそろいました。さすがです」

コパリュスもムーンも名前に満足してくれた。近くで浮遊しているダイヤ、エメ、ルビーも喜んでいる。エメは私の周囲を飛び回っていた。

「宝石神殿の機能も向上しているよね」

「コパが確認するの」

コパリュスが近くにある石のテーブルへ手をのせると、画面に宝石神殿の情報が表示された。サファ関連の機能が追加されている。

「予想通りに水の魔石具関連ね。魔力の補充が不要になるのはうれしい」

基本的にはルビーと同じ効果だった。火と水の魔石具が自由に使えるから、使用人やガルナモイトさんたちも喜んでくれる。

「敷地内の水はもともと安全だけれど、おいしい水になっているの。農作物にもよい影響を与えるかな」

「おいしい野菜や果物が採れればうれしい。水は使う場面が多いから、いつでもサファを呼び出せる。ルビーと一緒に呼べば、お風呂のお湯が楽に沸かせそう」

「お湯にするのは可能と思うの」

コパリュスの言葉を肯定するように、ルビーとサファが態度で示してくれた。４大精霊がそろって、宝石神殿のレベルも目標まであとひとつになった。

シストメアちゃんのジュエリーも順調に進んでいる。急ぎの用事はないから宝石神殿の５階で精霊たちを眺めた。横にいるムーンの毛並みはフサフサとモフモフで温かくて、反対側ではコパリュスのかわいらしい笑顔が私を癒《い》やしてくれる。

王都ドリペットへ行くまで３０日をきった。宝石神殿の地下1階でシストメアちゃんのジュエリーを作っている。宝石はすべてそろって、地金で作ったパーツも重要部分が完成した。道具を置いて少し休憩する。

「宝石とパーツがいっぱいあるけれど、すべてを使うの？」

今日はコパリュスと一緒に過ごしている。

「予備もあるけれど、ほとんどを使うつもりよ」

ルースの大きさに合わせてパーツも加工している。ルースが破損して代わりのルースを使うとパーツの修正が必要になる。できるだけ最初に指定したルースを使いたい。スキルのおかげで今までルースの破損はなかったけれど、念には念を入れた。

「完成するジュエリーが楽しみなの」

「シストメアちゃんに喜んでもらえるとうれしい。宝石神殿への奉納はレベル9の宝石を使っているけれど、早くレベル10の宝石も奉納したい」

「慌てなくてもレベル9の宝石でも充分なの。メイアはがんばっているから、レベルが上がっていてもおかしくないの」

「昼食を食べたあとに確認してみるね。宝石鑑定スキルも上がっているとうれしい」


休憩したあとは気分を変えて加工と鑑定を重点的に作業した。4回目の鐘が聞こえると作業を終了する。コパリュスと一緒に宝石神殿の4階へ行くとムーンが出迎えてくれた。コパリュスと一緒に料理を作っておいしく頂いた。

食事が終わって宝石神殿の5階へ来ると、精霊たちが姿を見せてくれる。石のテーブルに手をのせると、所持している一般スキルと特殊スキルが表示された。

「メイア様、宝石加工スキルが最大レベルです。すべての宝石の加工が可能です」

「宝石鑑定スキルもレベル9になっているの。メイアはコパの予想以上にすごいの」

「コパリュスもムーンもありがとう。きっと私ひとりでは無理だったと思う。素直にうれしい。これで未鑑定の鉱物を鑑定できるね」

「鑑定してみるの？」

「場所を取らないから今から試すね」

宝石箱から未鑑定の鉱物を取り出すと、思った以上に数が多かった。

宝石鑑定を実行すると、何度目かで鉱物が鑑定できた。新たに加わった鉱物はダイヤモンドとアダマンタイトだった。

「どのような特徴があるのでしょうか」

ムーンが聞いてきた。宝石箱から宝石図鑑を取り出して該当する頁《ページ》を開く。

「ダイヤモンドは透明な中に見える神秘的なかがやきが特徴ね。通常は無色だけれど、色がついているカラーダイヤモンドはさらに貴重よ」

「宝石図鑑の絵もきれいですが、実物を早く見たいです」

「私も加工してみたい。手持ちの鉱物にカラーダイヤモンドもあったらうれしい」

「カラーダイヤモンドは非常に少ないけれど、宝石神殿なら採掘は可能なの」

宝石図鑑に書かれている内容で新たな単語が目に入る。

「宝石の強化に真紅の炎が必要みたいね。宝石神殿にはない炎よね？」

「この敷地内には存在しないけれど、世界のどこかにはあるかな」

「探す楽しみができた。アダマンタイトは元の世界になかったから確認したい」

アダマンタイトの頁を開いた。特徴や強化方法がのっていた。

「青色が主体の地金みたいです」

ムーンが頁を覗《のぞ》き込《こ》んで教えてくれる。

「表面は虹色にきらめくのね。きっとすてきなきらめきよね。加工と強化には真紅の炎と白魔石が必要だけれど、白魔石はかなり強い魔物が落とすんだったよね？」

「強い魔物をたばねているボスが落とすかな。でもめったにボスはいないの」

「簡単には入手できないのね。急ぎではないから、シストメアちゃんのジュエリーが完成したら考えたい」

鉱物や宝石図鑑をしまって宝石加工をするために地下1階へむかう。ルースに加工したダイヤモンドは幻の名にふさわしいかがやきだった。コパリュスとムーンと一緒にしばらく眺めていた。

*

最後に宝石神殿マークを刻印して、システメアちゃんのジュエリーが完成した。シンリト様とリンマルト様から合格の言葉も頂いた。

シンリト様とリンマルト様を、王都ドリペットに送る馬車が2台到着した。1台には私とコパリュス、ムーンが乗っていく。私たちがいない間の留守番はトナタイザンさんにお願いした。

出発する朝になった。ジュエリーや貴重品を宝石箱にしまって、コパリュスとムーンと一緒に噴水前へ移動する。念のために食材や日用品も宝石箱に入れた。

システメアちゃんの護衛をしていたダイジェイトさんたちが出迎えてくれた。

「お嬢様のジュエリーは持ったか」

確認のためか、ダイジェイトさんが聞いてくる。

「大事にしまってあるよ」

「馬車が揺れるから注意してくれ」

「ジュエリーは壊れないように保存してあるから大丈夫よ」

「それなら安心だ。俺たちが護衛するから、ゆっくりと旅を楽しんでくれ」

コパリュスとムーンと一緒に馬車へ乗った。しばらくすると馬車が動き出す。振動さえ気にしなければ歩きよりも楽だった。

「ダイジェイトさんたち以外にコパリュスとムーンもいるから大丈夫だけれど、魔物に遭遇しなければ楽よね」

「ムーちゃんがいるから平気なの」

「どういう意味？」

　ムーンは強くて魔物の気配を感じ取れる。近寄る前に倒すとしても、馬車の中では無理だと思う。ほかに方法でもあるのかもしれない。

「わたくしの気配を感じて、たいていの魔物は近づかないのです」

「それなら安心ね」

「メイア様はわたくしが守ります」

　コパリュスとムーンがいるおかげで、どこにいても安心できる。馬車の中での話題が宝石神殿やジュエリーから王都ドリペットへと移った。

「コパリュスとムーンは、王都ドリペットを訪れたことはある？」

「基本は地上に来ないから、宝石神殿以外にはほとんど行かないの」

「わたくしもありません」

「シストメアちゃんの社交界デビューが終わったら、コパリュスとムーンと一緒に王都を見学したい。宝石関連のお店も見てみたいよね」

　目的はジュエリーを届けることだけれど、せっかくだから観光もしたかった。

「コパは楽しみなの」

「わたくしは街中を歩いても平気でしょうか」

いつも一緒で気にならなかったけれどムーンは幻獣だった。今まで宝石神殿を訪れた人たちの反応からは、幻獣への敵対心などは感じなかった。

「シストメアちゃんに聞いてみようか」

ムジェの森を順調に進んだ。食事の休憩時にダイジェイトさんたちと話すと、珍しく移動中に魔物を見かけなかったという。通常は強い魔物も含めて何度か遭遇するみたいだから、ムーンのおかげだった。


2回目の夜が過ぎて朝になる。朝食の準備中にダイジェイトさんが近づいてきた。

「予定よりも早いが今日中にムジェの森を抜けられる。魔物をほとんど見かけず怖いくらいだ。このあとは治安もよくなるから、数日以内には王都ドリペットへ到着できる」

「魔物はムーンのおかげだと思う。ムーンの気配を感じていると思うのよ」

「幻獣フェンリルがいるから魔物が近寄らない。それなら納得だ」

「盗賊などには効果がないと思うから、これからも護衛をお願いね」

「任せてくれ。朝食が終わったら出発する」

ダイジェイトさんはほかの護衛たちの元へ戻っていった。

ムジェの森を抜けると街道沿いに移動を始めて、日が暮れる前に街へ到着できた。街は城壁で囲まれていたが引き止められず門をくぐれた。シンリト様とリンマルト様の影響だった。

この街はムジェの森を監視する役目もあるみたい。街並みは歴史の教科書を見ているような感じで、ほとんどの建物が2階建てまでで宝石神殿の建物が豪華に見える。

宿屋の部屋でコパリュスとムーンと一緒に休憩する。家具は最低限しか置いていないけれど、私たちが寝泊まりするには充分の広さだった。

「ここならゆっくり休めそう。今回は街の探索は無理よね」

シンリト様とリンマルト様、それにジュエリーを王都ドリペットへ送るのが最優先だった。寄り道する時間はないはず。

「帰りなら寄れると思うの。コパはいつでもメイアに付き合うの」

「わたくしも一緒にお供します」

「時間ができたら街を一緒に回ろうね。今日は疲れたから早めに休むね」

宿屋で夕食を食べながらダイジェイトさんたちと情報を交換した。シンリト様とリンマルト様の体調も順調で明日の朝には街を出発する。街と街の間にある街道では魔物が出没するけれど、ムジェの森に比べれば弱いみたい。

その後も順調に移動できた。何の問題も発生せずに、王都ドリペットが見える丘へ到着する。窓から見える王都ドリペットは思った以上に大きかった。

＊

王都ドリペットは見上げるほどの高さがある城壁に囲まれていた。シンリト様とリンマルト様が私たちの身元を保証してくれたおかげで、無事に王都内へ入ることができた。門番の話では使い魔などは所有者がわかるプレートを身につければ、王都内で連れ歩けるみたい。ムーンの首にあるジュエリーへプレートをつけた。

「これでいつでもムーンと一緒にいられるね」

「メイア様と出かけるのが楽しみです」

「シストメアちゃんのパーティーが終わったら、みんなで王都を見学したいよね」

窓から王都の景色を眺めると、今までの街に比べて家も大きくて道幅も広かった。何よりも多くの種族であふれていて活気と賑《にぎ》やかさがある。

大きな屋敷の前で馬車が止まった。

シンリト様とリンマルト様のあとに続いて屋敷の中へ案内される。

「お帰りなさいませ。シンリト様、リンマルト様」

両脇に並んだ大勢の使用人が出迎えた。中央にはシストメアちゃんと家族と思われる人物が３人いる。

「父上、母上、宝石神殿は如何《いかが》でしたか」

シストメアちゃんの横にいる男性だった。

「すばらしい場所だ」

「体調もよくなりましたわ」

「それはよかったです。今日は旅の疲れを取ってください」

シンリト様とリンマルト様は、使用人と一緒に奥の部屋へと消えていく。

「メイア、よく来てくれました」

シストメアちゃんが声をかけてきた。ここは宝石神殿ではなくて、私はただの客に過ぎない。貴族の礼儀作法を知らなかったので、なるべくていねいにあいさつした。

「私がメイアです。シストメアちゃんのジュエリー作りをさせて頂いた宝石職人です。となりの少女はコパリュスで、こちらは幻獣フェンリルのムーンです」

「私がラコール伯トクツァインだ。遠くからよく来てくれた。公の場以外なら普段通りに話してかまわない」

「助かります」

公の場に行く予定はないので普段通りに話せるのはうれしかった。ほかの２人はトクツアイン様の妻でフェースン様、ご子息でシストメアちゃんの兄にあたるパートズさんだった。パートズさんは元の世界でいえば高校生くらいに見える。

「どのようなジュエリーか早く見たいです」

「すてきなジュエリーにできたと思うの。シストメアちゃんに気に入ってもらえるとうれしい」

「完成したジュエリーが楽しみです。あちらの部屋で見せてください」

シストメアちゃんが私の腕を取ってきて、そのまま一緒に移動を始めた。


案内された部屋では向かい側にシストメアちゃんとトクツァイン様、フェースン様とパートズさんが座った。私の横にはコパリュスが座って、うしろにムーンがいる。

宝石箱からジュエリーが入っている箱を取り出した。

「主役はオレンジ色のトパーズで脇石はカラーレスのトパーズよ。地金はオリハルコンで宝石も地金も強化してある。ジュエリーの種類は希望通りにブレスレットとリングとイヤリング、ネックレスの4点セットよ」

箱のふたをあけて4人の前へ移動させた。

最初にトクツァイン様とフェースン様が手にとってジュエリーを眺めた。2人はデザイン以外に、作りまでを含めて評価しているみたい。最後にパートズさんとシストメアちゃ

んがジュエリーを確認した。

「この完成度ならシストメアのデビューに使って問題ない。いや、想像以上にすばらしい作りだ。早くドレスと合わせたい」

トクツァイン様だった。

「メイアのジュエリーはいつもすてきです。私もつけるのが楽しみです」

「喜んでくれてうれしい。作った甲斐《かい》があった」

シストメアちゃんの笑顔が何よりのご褒美だった。

「すばらしいジュエリーをご苦労だった。今日は移動で疲れただろう。夕食の時間までゆっくり休んでくれ」

トクツァイン様から、ねぎらいの言葉をもらえた。

「メイアの手料理がまた食べたいです。後日作ってくれますか」

「希望があれば今日でも作るよ」

旅の疲れはあまりないので今日でも平気だった。

「お父様、メイアの料理はおいしいのです。夕食を作ってもらって平気ですか」

「すでに料理の準備中だと思うが少しなら平気なはずだ。料理長に話を通しておく」

「お父様、ありがとう。メイア、私が部屋に案内します」

ジュエリーをトクツァイン様に渡してシストメアちゃんと部屋を出た。

最初に、寝泊まりする部屋へ案内される。数人で泊まれるくらいの広さがあった。屋敷内の説明を受けてから調理場へとむかう。

トクツァイン様から話は通っているみたいで、恰幅《かっぷく》のよい男性が待っていた。シストメアちゃんが、彼が料理長だと教えてくれた。

「シストメアちゃんは何の料理が食べたい？」

「メイアの料理ならどれでも食べたいです」

「いろいろな食材で作るから楽しみにしてね。食材と椿油《つばきあぶら》はあるから、鍋や容器と火の魔石具があれば借りたいけれど平気？」

料理長へ視線をむけた。

「すぐに用意します。ただ火の魔石具は高性能ですが、火加減が難しいです。取り扱いには注意してください」

料理長の話では今回のパーティーにむけて料理道具を新しくしていた。性能は向上したけれど、微調整にまだ慣れていなくて大変とのことだった。

火加減が難しかったけれど無事に料理を作り終えた。シストメアちゃんを含む家族全員へ振る舞った。おいしそうに食べてくれてうれしかった。

＊

屋敷についてから数日が経《た》った。今日の夕方にシストメアちゃんのパーティーが開催される。開始時間まではあとわずかで屋敷内は慌ただしかった。さすがに私たちは参加できない。事前に衣装とジュエリーの合わせを見せてもらうと、華やかさの中にも清潔さがあるすばらしい出来だった。

　王都ドリペットの見学も考えたけれど、後日シストメアちゃんが案内してくれることになったので、今日はコパリュスとムーンと一緒に屋敷の部屋で過ごしている。

「手持ちのジュエリーを眺めながら、部屋でゆっくり過ごすつもりだけれど、コパリュスとムーンもそれで平気？」

「コパはメイアと過ごせれば大丈夫なの」

「ジュエリーを見るだけでも充分に楽しめます」

　みんなでソファーに座って宝石箱を取り出した。各宝石は観賞できるようにジュエリーで残してある。宝石箱からジュエリーを取り出してテーブルの上に並べた。

「宝石加工のレベル順に並べると、最初のころは下手だったのがよくわかるよね」

　私自身のジュエリーを見た感想だった。

「誰でも最初は初心者なの。メイアのジュエリーは心がこもっていてすてきなの」

「徐々に完成度が高くて繊細になっています。メイア様の努力が実っています」

「ほめてくれてうれしい。ミスリルは初めて見る地金で新鮮だった。ダイヤモンドが幻の宝石なことにも驚いた。真紅の炎を探してレベル１０のアダマンタイトを加工したい」

「コパとムーちゃんが一緒に探してあげる」

ジュエリーを見ながら過去の出来事やこれからを語った。目標は宝石神殿をレベル１０にすることだけれど、順調に進めば近いうちに達成できる。レベル１０になったら次の目標を聞いてみたい。この世界で旅もしてみたい。


コパリュスとムーンと話していると、扉を叩《たた》く音が聞こえた。ソファーから立ち上がって扉にむかう。扉を開けると険しい表情のガットーネさんがいた。

「メイアさん、力を貸してもらえませんか」

「何かあったの？」

「料理用に使っている火の魔石具が暴走して、パーティー用に作った料理の一部が台無しになってしまいました。何でもよいので食材を分けてくれませんか」

すがるような目で私を見ている。きっと大変な事態になっているはず。

「食材ならたくさんあるから大丈夫よ。調理場へつれて行って」

ガットーネさんに続いて移動を開始した。コパリュスとムーンも一緒に行く。調理場に入ると片付けの最中で料理長が指示を出している。

「メイアさんをつれてきました」

料理長が振り向いた。

「見ての通りです。これではお嬢様の社交界デビューが台無しになってしまう。昨日使った食材の残りはお持ちでしょうか」

シストメアちゃんの晴れ舞台を台無しにしたくない。私も同じ思いだった。

「食材はたくさんあるよ。お肉から野菜、パンや米までそろっている。もちろんすべて新鮮だから、好きなだけ使ってね」

出し惜しみはしなかった。革の鞄《かばん》から宝石箱を取り出して、空いているテーブルの上に食材を置いていく。料理長が止めるまで食材を取り出した。

「これだけあれば充分です。あとは料理を間に合わせるのみです」

「時間内に作れそう？」

心配で聞いた。

「以前使っていた火の魔石具を使う予定ですが正直厳しいです。ですが言い訳をしている時間はありません。料理スキルをすべて活用して作ります」

料理長の意気込みが伝わってきた。すでに周囲の料理人へ指示を出している。素人《しろうと》の私でも時間的に厳しいのはわかる。私に手伝える内容がないか考えた。元の世界の知識を頭の中に呼び出して、パーティー料理の種類や方法を思い浮かべる。

「ガットーネさん、パーティー会場内で実演料理は可能？」

「言っている意味がわかりません。どのような内容ですか」

「パーティー会場内で実際に料理を作って、お客様に振る舞うのよ。私が作る料理は珍しいはずだから、演出として使えて時間も稼げる。お客様も喜ぶはずよ」

「私では判断ができません。一緒に来てください」

新たに作る料理は料理長に任せて調理場をあとにした。すぐにシンリト様とリンマルト様に出会えてガットーネさんが状況を説明してくれる。

「状況はわかった。すぐに実演料理の準備を始めてもらえるか。トクツァインには私から話す。シストメアには心配をかけたくないから、何事もなかったように行動してくれ」

「シストメアちゃんに喜んでもらえるように実演料理をがんばるね」

了解が得られたので再び調理場へ戻った。手持ちの食材を見つめていたら自然と料理が決まった。火の魔石具は宝石道具で代用して、不足している鍋や皿などを借りた。事前に用意する食材をコパリュスと一緒に切り始める。

料理の準備が終わると使用人の服に着替えさせられた。すべての準備が整うころにシンリト様とリンマルト様が姿を見せる。

「貴族たちは私たちで対応する。実演料理に集中して大丈夫だ」

「そうしてもらえると助かる。料理はテンプラとオコノミヤキよ」

パーティー会場に入った。コパリュスとムーンは部屋に待機でガットーネさんに手伝ってもらう。黙々と準備を始めて鍋に椿油を入れる。火の魔石具で温度を上げて、食材の準備も完了した。

シンリト様とリンマルト様が、知り合いと思われる貴族に声をかけていた。数名の貴族が興味深そうに私の行動を見ている。揚げたてのテンプラを渡すと、最初は食べるのをためらっていた。シンリト様の勧めに従って、ひとりの貴族がテンプラを口に入れる。

おいしいとの発言に、ほかの貴族も続いた。おいしそうな笑顔と賛美の言葉が成功を物語っている。料理長たちの料理も追加されてパーティーは無事におこなわれた。

＊

シストメアちゃんの社交界デビューパーティーが無事に終わった。トクツァイン様からはお礼の言葉を頂いた。シストメアちゃんの笑顔が何よりもうれしかった。

今日はシストメアちゃんに案内されて王都ドリペットを観光する。コパリュスとムーンも一緒で、護衛のためにダイジェイトさんが同行していた。

「メイアは何処《どこ》に行きたいですか」

「宝石やジュエリー関連のお店と地元料理を味わってみたい。あとは王都の名所やシストメアちゃんのおすすめの場所も知りたい」

「最初に宝石店へ案内します。よく利用しているお店ですから普段通りで平気です」

貴族御用達《ごようたし》のお店なら、王都内の宝石技術がどの程度かわかるかも知れない。ただひとつだけ気になることがあった。

「なじみの宝石店があるのなら、私がジュエリーを作っても平気だったの？」

「問題ありません。メイアのジュエリーを見せたら納得してくれました。ほかのジュエリーも見せてほしいと言われたくらいです」

「それなら大丈夫そうね」

宝石店は大通りに面した場所で、お店の中に入るとていねいに出迎えてくれた。シストメアちゃんがお店の人へ声をかけると、何かお願いをされている。

「メイアはジュエリーを持ってきていますか。参考に見たいそうです」

シストメアちゃんが聞いてきた。うしろに控えているお店の人がそわそわしている。国宝級ジュエリーもあるけれど、あとあと問題になりそう。

「エメラルドやガーネットを使ったジュエリーなら見せられるよ」

宝石箱から高級ジュエリーを取り出してシストメアちゃんに渡した。お店の奥からも人が出てきてジュエリーを確認している。

「ジュエリーを鑑定しても問題ないですか」

お店の人が聞いてきた。

「平気よ。その間にお店のジュエリーを見させてもらうね」

店内のジュエリーを眺めると、ていねいな作りで宝石の特徴を生かしたジュエリーだった。ただ元の世界にあるような繊細なカットの宝石ではなくて、デザインも特殊な技法は使われていない。適正価格は不明だけれど、相対的な価格の傾向は納得できた。

「すばらしい出来です。私どもの店で展示したいくらいです」

お店の人から、うれしいほめ言葉をもらった。でも私が直接王都までジュエリーを持ってくるのは難しい。ジュエリー作りの目的は宝石神殿への奉納で、残りのジュエリーは生活に必要な品物の購入にあてられれば充分だと思っている。

「ジュエリーを認めてくれてうれしい」

展示については言葉にしなかった。相手もそれ以上は聞いてこない。お店の奥にしまってあった最高級ジュエリーを見せてくれた。ジュエリーを堪能《たんのう》してお店をあとにする。

「コパはお腹《なか》が空《す》いたの」

「私も王都名物の料理を食べたいけれど、庶民的なお店を知らない？」

シストメアちゃんに聞いた。

「ダイジェイト、何処かお店を知っていますか」

「俺がよく行く店でよければ可能ですが、お嬢様をおつれする場所ではないです」

「私なら大丈夫よ。案内をお願い」

ダイジェイトさんにつれてきてもらったお店は大衆食堂を思わせた。たしかにシストメアちゃんには場違いだったけれど、そこはダイジェイトさんが仕切ってくれた。

「コパはお肉料理が食べたいの」

「私はいろいろな食材を使った料理を食べ比べたい」

興味がある料理で、持って帰れる食材があれば宝石神殿で育ててみたかった。

「俺が適当に選ぶから、好きな料理を食べてくれ」

庶民がよく食べる料理や郷土料理をおいしく頂いた。

食事のあとは由緒ある建物や景色を眺めて楽しく過ごした。高台から見える王宮や街並みは、宝石箱を開けたようにきらびやかで活気に満ちている。奥に見える森は深みのある宝石を思い出す。夕方前には屋敷に戻ってきて、忘れられない1日となった。


数日後にはシンリト様とリンマルト様と一緒に宝石神殿へむかう。シストメアちゃんと別れるのは寂《さび》しかったけれど、また宝石神殿へ来ると約束してくれた。帰り道も大きな問題はなくて無事に宝石神殿へ到着できた。

普段の日常が戻ってくると、いつも通りに宝石採掘と宝石加工を楽しむ。王都ドリペットで見てきたジュエリーに刺激されて、創作意欲もわいた。いろいろな宝石を使って、頭に浮かんだデザインをジュエリーとして具現化する。

夕方になるとコパリュスとムーンをつれて、宝石神殿の5階へむかう。奉納台へジュエリーを置くと、淡い光とともにジュエリーが消えた。昨日と異なって部屋全体に光が充満して、宝石神殿が念願のレベル10になった。

# 宝石神殿
# レベル
# 10

宝石神殿が念願のレベル１０になった。コパリュスがいつも以上にうれしそうな笑顔を見せている。

「コパリュス、おめでとう。目標が達成できて私もうれしい」

「メイアのおかげで女神として胸を張れるの。ムーちゃんも手伝いをありがとう」

「わたくしも宝石神殿に来られて楽しかったです」

しばらく3人で喜び合った。精霊たちもうれしそうに周囲を浮遊している。

「宝石神殿の機能は何か変化があったの？」

私が聞くとコパリュスが石のテーブルに手をのせた。画面に宝石神殿の情報が表示されたけれど、私には今までとの違いがわからない。

「レベル１０では宝石神殿の機能強化はないの。その代わりに女神の能力が強化されたかな。見た目で変化しないのが残念なの」

オパリュス様の能力が強化されたみたい。

「充分、うれしい知らせよ。宝石神殿はレベル１０以上にも上がるの？」

「もっと高レベルの神殿はたくさんあるの」

「レベル１１以降も楽しみね。次は私の宝石スキルを確認するね」

コパリュスに代わって石のテーブルへ手を置くと、うれしい情報が目に飛び込む。

「メイア様、すごいです。すべての宝石スキルがレベル１０です」

「たくさんの宝石やジュエリーが作れて楽しかった」

苦労よりも楽しさが上回っていた。

おめでたい出来事が続いたので、夕食を豪華にして楽しい時間を過ごした。


翌日の日中は果樹園でくつろいだ。適度な木陰があってお気に入りの場所でもある。木の根元に座り、となりにはコパリュスとムーンがいる。

急にルビーとサファが姿を見せた。エメならわかるけれど、ルビーとサファが呼ばれていないのに出現するのは初めてだった。

「どうしたの？　私に用事でもあるの？」

ルビーが飛び跳ねて、サファは敬礼をしてくれた。私に用事があるのは間違いないみたい。でも理由は不明だった。

「メイアを何処《どこ》かに連れて行きたいらしいの」

代わりにコパリュスが答えてくれた。女神様なら直接会話をしなくても、精霊の意図がわかるのかも知れない。

私が立ち上がると、ルビーとサファが宝石神殿のほうへ動き出す。コパリュスとムーンをつれてルビーとサファのあとに続いた。宝石神殿を通り過ぎて宿屋の横にある浴場前で止まった。記憶にある匂いが私の鼻を通り抜ける。

「硫黄《いおう》の匂いで、この場所は浴場よね。もしかして温泉？」

ルビーとサファが態度で示してくれた。コパリュスに聞かなくても私にもわかる。駆け足で浴場の中へ入った。

「独特の匂いがします。危険はないでしょうか」

ムーンだった。幻獣だから鼻がよいのかも知れない。

「お湯の状態なら問題ないと思う。私が知っている温泉と同じね。適温にして浸《つ》かると体が温まって疲れもとれるすぐれものよ」

興奮しながらムーンに答えた。

「メイアがお風呂で使用する、お湯の代わりになるの？」

「その通りよ。この浴場を温泉浴場にしたいけれど改装しても平気？」

「メイアの好きな状態でかまわないの。コパも温泉に興味があるかな」

「ガルナモイトさんたちに手伝ってもらうね」

となりの宿屋にむかう。マクアアンリさんがいたので理由を説明すると快く引き受けてくれた。私が作りたい浴場にするための指示を出す。改装しているときにトナタイザンさんが姿を見せたので一緒に手伝ってもらった。

男女別々の大きな浴場をひとつずつ作って、プライベート用に小さな浴場をいくつか用意した。数日後には温泉浴場が完成した。

コパリュスとムーンと一緒にプライベート用の浴場に入った。

「急に温泉へ入ると体に負荷がかかるから、最初は少しずつ体にお湯をかけてね。そのあとに体を洗ってから温泉へ入る感じよ」

「メイアを真似《まね》しながら体を洗うの」

「ムーンは私が洗ってあげるね」

「助かります」

全員の体が洗い終わると湯船に浸かった。ただのお湯と違って温泉が肌に染み込んでくるような感覚になる。毎日温泉に入って肌をすべすべにしたい。

「やっぱり温泉は気持ちがよくて疲れもとれる」

元の世界の温泉を思い出しながら、自然と言葉が出てきた。

「コパはずっと温泉に入っていたいの。とても気に入ったの」

「私も同じ気分よ。ただ長く入っているとのぼせるから、もう少ししたら上がるね」

予想外の温泉だったけれど宝石神殿のみんなも喜んでくれてうれしかった。シンリト様とリンマルト様にも好評だったので、シストメアちゃんが訪れたら一緒に入りたい。

宝石関連スキルが全部レベル１０になったけれど、加工していない鉱物がある。アダマンタイトだった。アダマンタイトを使ったジュエリーが作れれば、ひとつの区切りができると思った。

＊

就寝前の時間に、宝石神殿の４階でコパリュスとムーンと一緒に聞いた。

「白魔石と真紅の炎がほしいけれど、入手方法を知っている？」

「真紅の炎がある場所はわからないの。白魔石はコパが取ってこられるの。ムジェの森なら魔物のボスが見つかる可能性はあるかな」

「商人に聞いてはどうでしょうか」

たしかにすべてを自分たちでそろえる必要はなかった。すべての鉱物が宝石神殿で採掘できるから、自分たちで用意する癖がついたみたい。

「コルンジさんなら情報を持っているかも知れない。コルンジさんから白魔石の入手が困難なら、コパリュスにお願いするね」

「いつでも声をかけてほしいの」

コパリュスが笑顔で答えてくれた。その日は宝石図鑑を眺めながら、夜遅くまで会話を楽しんだ。

ある日、コルンジさんが宝石神殿を訪れた。消耗品である砂糖や塩などのほかに、何種類かのワインと馬車も用意してくれた。私が作ったジュエリーは好評みたいでコルンジさんも喜んでいた。

白魔石と真紅の炎について聞いてみると、白魔石はめったに市場には出ないので、確約は難しいとのことだった。真紅の炎については情報を知らなかった。

白魔石はコパリュスにお願いして、今はコパリュスを送りに東門へきている。朝の早い時間で、ムーンも一緒についてきてくれた。

「気をつけてね。ジュエリー作りに期限はないから、無理に見つけなくても平気よ」

「ムジェの森をひと回りするだけなの。ムーちゃん、メイアをお願い」

「わたくしに任せてください」

コパリュスが門のほうに視線をむけると、門がひとりでに開いて人影が見えた。トナタイザンさんだった。

「散歩のついでに寄ったが何処かに行くのか」

「コパが白魔石をとってくるの」

「宝石加工レベルが10になったから、白魔石と真紅の炎を探しているのよ」

コパリュスに続いて私も答えた。

「幻のジュエリーが作れるのか。それは楽しみだ」

「でも真紅の炎がないから、まだジュエリーは作れないのよ」

「わしの住処《すみか》近くに真紅の炎があったはずだ。必要なら案内する」

最初は耳を疑ったけれど、トナタイザンさんが嘘《うそ》をつくとは思えない。幸運ともいえる知らせに胸が躍った。

「つれて行ってくれると助かる。白魔石が手に入ったら案内してくれる？」

「いつでもかまわない。毎日散歩で寄るから声をかけてくれ」

急な展開になったけれど、レベル１０の宝石の加工と強化ができる目処《めど》が立った。

驚くことに、その日のうちにコパリュスが白魔石をとってきてくれた。


翌日になって、3回目の鐘がなったあとにトナタイザンさんが姿を見せた。

「白魔石が手に入ったから、真紅の炎をとりに行きたい。今日でも平気？」

「今からでも大丈夫だ。わしが一緒だから魔物の心配も不要だ」

「すぐに準備するね。コパリュスとムーンも一緒で平気よね」

「わしは問題ない」

さっそく準備を始めて、必要な品物が宝石箱に入っているのを確認する。シンリト様とガルナモイトさんに、何日か留守にすると伝えた。

トナタイザンさんにつれられてクンラウ山脈へむかう。本来なら凶暴な魔物や神獣ドラゴンへの恐怖を感じながら、ムジェの森を移動するはず。でもコパリュスやムーン、トナタイザンさんがいるおかげで安心して歩ける。

クンラウ山脈を登るのは大変だった。歩きにくい大きな岩が行く手を阻み、トナタイザンさんの手助けがなければ先へ進めなかった。途中で休憩や野宿をしながら目的地へ向かって進んだ。

「岩だらけだけどこのあたりは火山地帯なの？」

朝食後にコパリュスへ聞いた。

「昔は小さい噴火が何度かあったの。数百年後にはまた噴火があるかな」

「真紅の炎は最古の噴火口にある。ここから近いから、もう少しの辛抱だ」

トナタイザンさんも補足してくれて、登山の終わりも見えてきた。

「真紅の炎は自然の中にあるのね。私の疲れはもう平気よ」

「このまま最古の噴火口まで移動する」

トナタイザンさんを先頭に歩き出す。私以外は疲れている様子はなくて、さすがだと思った。足が動かなくなる前になんとか目的の場所へ到着した。すり鉢状の底に近づくと地面からは青白い火柱が何本か姿を見せている。

「地面から噴出している青白い炎が真紅の炎？」

トナタイザンさんへ視線をむけた。

「その通りだ。非常に高い温度だから注意してくれ」

「気をつけて使うね。真紅の炎を持ち帰るのは難しそう？」

「不可能ではないと思うが通常では無理だ」

宝石神殿へ持って行けないのなら、できるだけ加工したりジュエリーを作りたい。

「じゃあ、この場で加工を始める。真紅の炎を使うのは初めてだけれど経験とスキルを信じる」

「メイアならきっと作れるの」

「気持ちがこもった、メイア様のジュエリーを楽しみにしています」

準備に取りかかった。

目標は地金の加工と強化、宝石の強化とジュエリー加工だった。次にいつ来られるかわからないので手持ちの材料をすべて使う。昨日のうちに可能な限りダイヤモンドとアダマンタイトを採掘しておいてよかった。

作るジュエリーとデザインはすでに決まっている。

魔石具とは見た目の異なる炎だけれど、経験とスキルで問題なく加工が進められた。近くの洞窟で何度も休みながら加工を続ける。最後に宝石神殿マークを刻んですべての加工が終わった。顔を上げるといつの間にか周囲は暗くなっていた。

「予定していたジュエリーはすべて製作できたよ。時間はかかったけれど満足のいくジュエリーね。下山したいけれど、この暗さだと難しいよね」

「わしは平気だがメイアは無理だろう。洞窟で明るくなるまで待っていれば平気だ」

近くの洞窟は私の背丈よりも2倍くらい高くて広さもあった。夜が明けるまで、この洞窟で休憩することにした。

「トナタイザンさん、案内をありがとう。これはお礼のジュエリーよ」

透明感とかがやきがあるダイヤモンドと、青色に虹色のきらめきが浮かび上がるアダマンタイトのブレスレットだった。

「わしがもらっても平気なのか」

「そのために作ったのよ。１０個のダイヤモンドを使った大作よ」

「ありがたく頂戴する」

トナタイザンさんが腕にブレスレットを通した。

「とてもよく似合っているよ。作った甲斐《かい》があった」

「大事に使わせてもらう。そうだ、約束を思い出した。わしの加護を与えよう」

トナタイザンさんが私にむけて手をかざすと、温かい力強さが私を包み込んだ。

翌日に下山を開始して、無事に宝石神殿へ戻ってきた。宝石神殿の5階で、石のテーブルに手をのせる。特殊スキル欄に、神獣ドラゴンの加護が追加されていた。

＊

今日は3回目の鐘がなるころに宝石神殿の1階へみんなを集めた。シンリト様とリンマルト様に使用人、ガルナモイトさんたちだった。トナタイザンさんも呼んでいる。もちろん私の横にはコパリュスとムーンがいる。

「メイアちゃん、あたいたちに何か用事でもあるのかい」

マクアアンリさんが聞いてきた。驚かせようと思って詳細は話していない。

「みんなに見てもらいたいジュエリーがあるのよ」

テーブルへ置いていた大きな箱のリボンをほどいて中身を見せた。ティアラ、イヤリング、ネックレス、ブローチ、ブレスレット、リング。すべてのジュエリーが通常よりも大きくてかがやきもすごかった。

「もしかしてダイヤモンドとアダマンタイトのジュエリーかしら。初めて見ましたわ」

驚いた口調のリンマルト様は私に視線をむける。リンマルト様の言葉通りダイヤモンドとアダマンタイトを使ったパリュールだった。

トナタイザンさんに真紅の炎へ案内されたときに、ほかのジュエリーと一緒に作っていた。デザインはダイヤモンドを並べたのみだけれど、主役となる複数の大きなダイヤモンドは、すべてカットと形状が異なっている。

「運よくすべての素材が入手出来たのよ。スキルを最大限に活用して作った渾身《こんしん》の強化済みジュエリーね。飾る前に、みんなに見てもらいたかった」

「この世に二つとないジュエリーですわ。まだ信じられません」

「あたいは宝石に詳しくないさ。でもこのジュエリーのすごさはわかる」

マクアアンリさんも食い入るようにジュエリーを見ている。

「このジュエリーをどうするのかにゃ。どこに飾るのかにゃ」

スズリピララさんが聞いてきた。

「宝石神殿の1階にあるオパリュス様の像へ飾るつもりよ」

「だからジュエリーが大きいのかにゃ」

「その通りよ。ジュエリーを飾ると間近で見られないので、みんなを呼んだのよ。手にとってもかまわないから今のうちに見てね」

私の言葉を聞くと、シンリト様とリンマルト様がジュエリーを手にする。2人が見終わると、ガルナモイトさんたちが恐る恐る手にとっていた。使用人もジュエリーを堪能《たんのう》していた。

全員が見終わったあとにシンリト様が私のほうをむいた。

「飾っても平気なのか心配だ。宝石神殿を訪れる全員が善人とは限らない。もちろん私たちは盗まないが、欲に目がくらむ人物がいるはずだ」

「心配をありがとう。でも大丈夫よ。オパリュス様の像に飾るから、遠くからでは何の宝石か判断が難しいはず。それに盗《と》られない方法も考えてあるのよ」

コパリュスのほうへ視線を送った。

「コパが魔法をかけるから取り外しは無理なの。どこの誰が来ても宝石神殿の敷地内ならコパのほうが強いかな。たとえ神が来ても同じなの」

シンリト様たちにはたとえに聞こえたかも知れないけれど、コパリュスの実力を私は知っている。宝石神殿の敷地内ではオパリュス様は無敵だった。

「そこまで自信があるのなら私から言うことはない。貴重な体験だった」

「みんなも見終わったみたいね。これから飾るから完成を楽しみにしてね」

ガルナモイトさんたちに足場を用意してもらって、飾り付けは私がおこなった。ひとつひとつのジュエリーをていねいに取り付ける。ひとつのジュエリーが取り付け終わるごとに、みんなから拍手が湧いた。

すべてのジュエリーがオパリュス様の像と一体になった。最後にコパリュスが魔法を唱えて飾り付けが完成する。今まで以上に大きな拍手が周囲を包んだ。

「これで盗られる心配はないの。メイアのジュエリーはすてきで、宝石神殿も喜んでいると思う。コパもとってもうれしいの」

「メイア様の気持ちが込められていて、いつまでも眺めていられるジュエリーです」

「コパリュスとムーンが一緒にいてくれたおかげよ」

オパリュス様の像周辺に精霊たちが出現して、像の周りを飛び回る。ダイヤ、エメ、ルビー、サファも、ジュエリーを気に入ったようで祝福してくれた。


その日の夜はみんなやトナタイザンさんを集めて、宝石神殿の1階で華やかな夕食会を催す。テーブルや椅子の運び込みはガルナモイトさんたちが対応してくれた。料理は私とコパリュス、ルーパさんとリテさんが担当して、倉庫にある食材を好きなだけ使った。

みんなでおいしく料理を食べて、夜遅くまで楽しい時間を過ごした。

＊

朝のお祈りをするために、宝石神殿の1階へシストメアちゃんと一緒に来た。数日前からシストメアちゃんが遊びに来ている。シストメアちゃんの宝石鑑定スキルのレベルも順調に上がっているみたい。

オパリュス様の像に取り付けたジュエリーは、永遠のかがやきを放っている。宝石神殿に訪れる人物は誰もが魅了されていた。誰も幻のジュエリーとは思っていないのか、大きな問題は一度も起きなかった。

3回目の鐘がなったあとに、宝石神殿の地下へ降りて採掘と加工を始めた。横にはコパリュスとムーンがいる。最近は新しいカットに挑戦して、コパリュスもムーンもできあがったルースに驚いていた。

コルンジさんに渡すジュエリーと、宝石神殿へ奉納するジュエリーを作った。いつかはこの場所で幻のジュエリーを作りたい。真紅の炎を運ぶ方法があるのか、トナタイザンさんに聞いてみたい。

昼食はシンリト様とリンマルト様と一緒にオコノミヤキを食べた。ソースは宝石神殿で採れた野菜などから作った自家製で、みんなに好評でうれしい。

コルンジさんから購入したワインも頂く。食事にワインがあると料理を引き立ててくれる。ブドウを育てているのでワインが作れないかガルナモイトさんに相談してみよう。

冒険者だったガルナモイトさん、マクアアンリさん、トアイライオさん、スズリピラランさんのおかげで、安定して農作物が採れるようになった。宝石神殿へ訪れた旅人への対応もしてくれて助かっている。

昼食後にはコパリュスとムーンと一緒に果樹園でのんびり過ごした。暖かい日差しの中で、かわいいコパリュスとモフモフのムーンと過ごすことは私の癒《い》やしでもある。一緒に過ごす時間が何よりの宝だった。

果樹園から宝石神殿へ戻ってジュエリー作りを開始した。夕食前に宝石神殿の5階へ行くと、ダイヤ、エメ、ルビー、サファが出迎えてくれる。エメは私の近くで踊った。精霊たちの姿は夢を見ているようにすてきだった。

奉納台へジュエリーを置いた。宝石神殿のレベル１１はまだ先だけれど、順調に奉納ができれば遠くないうちにレベルが上がるみたい。宝石に囲まれて毎日を楽しみながらジュエリーを奉納する。私に合っている仕事だった。

翌日にコルンジさんたちとトナタイザンさんが訪れてきたので、ガルナモイトさんたちと一緒に宿屋で夕食を堪能する。私はコパリュスと宝石神殿料理を楽しく作った。マクアアンリさんたちが作った料理もおいしかった。

夕食後はコパリュスとムーン、シストメアちゃんと一緒に温泉へ入る。宝石神殿の4階にもお風呂はあるけれど温泉は格別だった。シストメアちゃんからは王都ドリペットや周辺国の話を聞いた。いつかは旅をしてみたい。

就寝前はコパリュスとムーンと一緒に、宝石を語り合うのが日課だった。実際に作ったルースやジュエリーを眺めて、宝石図鑑では詳細が確認できる。大好きな宝石を思う存分語り合って至福の時間を過ごす。

私にとってのすてきな日常だった。

# あとがき

遊《ゆう》色《しょく》効《こう》果《か》はオパールの恵み。ブラックオパール大好き、色石《いろいし》ひかるです。

『宝石神殿のすてきな日常』をお手にとってくださった皆様、本当にありがとうございます。メイア、コパリュス、ムーンたちと一緒に楽しんで頂けましたら幸いです。あとがきの内容は本編と直接関連していないため、こちらを先に読んで頂いても平気です。

あとがきは宝石について語りたいと思います。私自身は趣味として宝石の石単体にあたる裸石とも呼ばれるルースのコレクターで、宝石関連の専門家ではありません。記載内容に間違いなどがあるかも知れませんので、あらかじめご了承ください。

宝石は多くの種類があってどれもすてきですが、数が多いので目移りします。日本の誕生石も２０２１年に改訂されて２９種類となりました。さらに１０月の誕生石にオパールがありますが、オパールにもブラックオパール、ホワイトオパールなどたくさんの種類があります。

## ✦あとがき✦

宝石は自分の好みで選ぶのが一番だと思います。例えばですが赤色のブラックオパールは希少性があって高価となりますが、青色が好みなら青色のブラックオパールを買えばよいわけです。ある意味、お得な買い物ができます。

宝石は高価なものが多いので買いにくい品物ではありますが、お店で宝石を眺めるだけでも楽しめると思います。またミネラルショーなどでは数多くの宝石・ルースや鉱物などがあって、お手頃価格の品物もあります。見て回るだけでも面白いです。宝石を楽しむためにも、光の種類と背景色の影響を知っていると宝石を見る目が変わると思います。


宝石は光によって輝きますが、光の種類はいろいろとあります。自然では太陽光があって、人工ではＬＥＤや蛍光灯に白熱灯もあります。ロウソクも風情がある光ですし、宝石関連ではブラックライトと呼ばれる光もよく使用されます。お店で宝石を見る場合は光の種類のほかに光の強さも影響して、家での見方と異なる場合もあります。

光の種類によって同じ宝石でも色合いが異なって見えます。商売なら色合いが評価に影響すると思うので光の種類は重要になると思いますが、個人なら光の違いを楽しむというのは如何《いかが》でしょうか。太陽光やＬＥＤなどの光で宝石を見て、いろいろな色合いの宝石を楽しむのも面白いと思います。

ブラックライトは少し変わっていて、宝石の蛍光性を見ることができます。ハイアライトオパールは無色透明な宝石ですが、ブラックライトをあてると緑色などの色鮮やかな蛍光性を楽しめます。

もうひとつ背景色によっても宝石の色合いは異なってきます。宝石やジュエリーを乗せるトレーがありますが、白色トレーと黒色トレーでは宝石自身の色合いが変わります。ウォーターオパールは白色トレーでは水のような透明感が強くて、黒色トレーでは海のような青色が際立つルースもあります。

光と同じで背景色によって色合いが変化するので、覚えておいて損はないです。ペンダントを使うときに服装の色を変えてみて、宝石の色合いを楽しむこともできそうです。

宝石は地球からの恵みで神秘な魅力もあって、いつまで見ていても飽きません。

最後になりますが、カクヨム内で本作品を応援してくださった皆様、すてきなイラストを描いてくださったイラストレーターこがねはな様、臨機応変に対応してくださった担当編集者様、出版に関わってくださった皆様、小説の基礎を教えてくださった温泉仲間の皆様、この場をお借りして感謝を申し上げます。ありがとうございました。

色石ひかる

# あとがき

初めまして、イラストを担当させて頂きました
こがねはなと申します。
色石先生が書かれるメイアちゃんやコパちゃん達のキラキラした
ジュエリー作りと日常にご一緒できてとても嬉しいです。
ありがとうございます。楽しんで頂ければ幸いです！

Kogane Hana

本書は、二〇二二年から二〇二三年にカクヨムで実施された「第８回カクヨムＷｅｂ小説コンテスト」でライト文芸部門〈特別賞〉を受賞した『宝石神殿のすてきな日常』を加筆修正したものです。

# 宝《ほう》石《せき》神《しん》殿《でん》のすてきな日《にち》常《じょう》

2024年2月28日　初版発行

著者　色《いろ》石《いし》ひかる
イラスト　こがねはな

発行者　山下直久
発　行　株式会社KADOKAWA
〒102-8177 東京都千代田区富士見2-13-3
電話 0570-002-301（ナビダイヤル）

編集企画　ファミ通文庫編集部

デザイン　モンマ蚕（ムシカゴグラフィクス）

写植・製版　株式会社オノ・エーワン

印　刷　TOPPAN株式会社

製　本　TOPPAN株式会社

●お問い合わせ
https://www.kadokawa.co.jp/（「お問い合わせ」へお進みください）
※内容によっては、お答えできない場合があります。
※サポートは日本国内のみとさせていただきます。
※Japanese text only


ISBN978-4-04-737815-5　C0093
定価はカバーに表示してあります。

妻と娘を甘やかしすぎ？
足りないくらいです！
転生したのは、

針と蜘蛛と精霊で織りなす
幻想的な異世界裁縫
ファンタジー。
針子の乙女
HARIKO NO OTOME
［はりこのおとめ］
Zeroki Presents
Illustrated by Miho Takeoka
著＝ゼロキ
Illustration
竹岡美穂
コミカライズ
ヤングエースUPで
絶賛連載中
①～②巻
絶賛発売中！
B6判単行本
KADOKAWA／エンターブレイン刊
KADOKAWA
enterbrain

リアデイルの大地にて
目覚めたのは
200年後の未来!?
かつて自らが成したこと、
そして仲間たちの
軌跡を辿る旅の果てに
あるものは――。
STORY
事故によって生命維持装置なしには生きていくことができない身体となってしまった少女“各務桂菜”はVRMMORPG『リアデイル』の中でだけ自由になれた。ところがある日、彼女は生命維持装置の停止によって命を落としてしまう。しかし、ふと目を覚ますとそこは自らがプレイしていた『リアデイル』の世界……の更に200年後の世界!?　彼女はハイエルフ“ケーナ”として、200年の間に何が起こったのかを調べつつ、この世界に生きる人々やかつて自らが生み出したNPCたちと交流を深めていくのだが――。
著：Ceez
イラスト：てんまそ
B6判単行本
KADOKAWA/エンターブレイン 刊
KADOKAWA
eb! enterbrain